修訂版

中學生文學精讀‧唐詩

施議對　選注

責任編輯	舒　非　常家悅
書籍設計	吳丹娜

書　　名	中學生文學精讀・唐詩（修訂版）
選 注 者	施議對
出　　版	三聯書店（香港）有限公司
	香港北角英皇道 499 號北角工業大廈 20 樓
	Joint Publishing (H.K.) Co., Ltd.
	20/F., North Point Industrial Building,
	499 King's Road, North Point, Hong Kong
香港發行	香港聯合書刊物流有限公司
	香港新界荃灣德士古道 220-248 號 16 樓
印　　刷	美雅印刷製本有限公司
	香港九龍觀塘榮業街 6 號 4 樓 A 室
版　　次	2016 年 9 月香港第一版第一次印刷
	2023 年 9 月香港第一版第三次印刷
規　　格	特 16 開（150 × 210 mm）224 面
國際書號	ISBN 978-962-04-4037-3

目錄

凡例   i

施議對   唐詩讀法淺說（代前言）   ii

王　勃   送杜少府之任蜀州   1

賀知章   回鄉偶書   4

陳子昂   登幽州台歌   7

王　翰   涼州詞二首（其一）   10

王之渙   登鸛雀樓   13

       涼州詞二首（其一）   16

孟浩然   過故人莊   18

       春曉   21

王昌齡   出塞   23

       從軍行七首（其五）   26

       長信秋詞五首（其三）   29

       閨怨   32

王　維   使至塞上   34

       相思   38

       鹿柴   40

       竹里館   42

       鳥鳴澗   44

       九月九日憶山東兄弟   47

		送元二使安西	50
崔	顥	黃鶴樓	53
高	適	燕歌行（並序）	56
李	白	將進酒	61
		夢遊天姥吟留別	66
		早發白帝城	71
		贈汪倫	74
		月下獨酌	76
		哭晁卿衡	80
		登金陵鳳凰台	83
		峨眉山月歌	86
		黃鶴樓送孟浩然之廣陵	88
		望廬山瀑布	90
杜	甫	望嶽	92
		兵車行	95
		月夜	100
		春望	102
		春夜喜雨	105
		登岳陽樓	108
		蜀相	111
		聞官兵收河南河北	114
		閣夜	117
		八陣圖	121
張	繼	楓橋夜泊	123
韓	翃	寒食	126
孟	郊	遊子吟	129

陳　羽	從軍行	132
	湘君祠	134
	宿淮陰作	136
張　碧	農父	138
王　播	題木蘭院二首（其二）	140
張　籍	涼州詞三首（其一）	143
崔　護	題都城南莊	146
劉禹錫	元和十年自朗州承召至京，戲贈看花諸君子	148
	再遊玄都觀絕句並引	151
	烏衣巷	154
白居易	賦得古原草送別	156
	賣炭翁	159
	暮江吟	163
	錢塘湖春行	165
	杭州春望	168
柳宗元	江雪	171
元　稹	離思五首（其四）	174
李　賀	夢天	177
朱慶餘	閨意獻張水部	180
杜　牧	赤壁	182
	清明	185
李商隱	蟬	187
	無題二首（其一）	191
	樂遊原	195
	夜雨寄北	197
	憶梅	200

凡例

一、本書主要為中學生而寫，故所編選作品於唐詩眾體中側重於近體，又於近體中側重於若干較為常見之五、七言律絕，所依據版本也為一般通行本。

二、每篇作品附題解、今譯、注釋及賞析四部分。

題解部分：介紹作者生平事跡、詩篇寫作背景及出處；為方便初學，對於有關問題之闡釋，均採用學界現有研究成果。

今譯部分：注重詩篇藝術再創造。既在尊重原作、忠於原作前提下，將古詩演繹為現代語體詩；又以各種有一定規則之音節變化與組合，將譯詩格律化，使之成為可誦讀之新體格律詩。

注釋部分：除講清有關典實、疏通字面以外，對於某些有爭論的問題，一般不作進一步考證。有關注文，多採用成說。

賞析部分：不作全面分析，泛泛之談，而依據每篇作品特點，試以結構分析法或意境創造法，有所側重地評賞，力求發明創新之見。

三、本書前言着重推介結構分析及意境創造二法，希望成為閱讀之助。

唐詩是中國人的驕傲。無論在中國的中國人，或者是中國以外的中國人，應該說很少有不喜歡唐詩、不讀唐詩的。那麼，讀唐詩究竟有無所謂可循之法呢？這卻是個頗難回答的問題。

古諺有云：「熟讀唐詩三百首，不會吟詩也會吟。」從不會到會，除了「吟」以外，可能還包括寫作。以為這過程並不需要有何特別講究，只要「熟讀」也就可以了。如此說來，似乎其中並無所謂「法」存在。這是問題的一個方面。而另一方面呢？千百年來，讀唐詩、論唐詩，照樣有許多人在那裏現身說法，至今所傳大量詩話、詩評便是明證。這一事實又說明，讀詩過程中還是有「法」可言的。因此，今日探討唐詩讀法，對於以上兩個方面都當有所顧及，即：既要重視「熟讀」，未必拘泥於各種所謂「法」，又要善於收取有關各種「法」，以提高「熟讀」的成效——這一簡單的答案，不知能否令人滿意。

以下先說「熟讀」。這是前人的經驗之談。對此，自從清代乾隆癸未（1763 年）蘅塘退士（孫洙）編選《唐詩三百首》以來，凡是讀唐詩的人，無不津津樂道。四十年前，朱自清先生為高中學生作《唐詩三百首》讀法指導，就曾專門論及於此。朱氏極力標舉編選者的旨趣，肯定其「教人熟

讀」的用意，並且鄭重提出：

　　我們現在也勸高中學生熟讀，熟讀才真是吟詠，才能欣賞到精微處。

　　所謂「精微處」，朱氏未有明確斷定，但其所開列並詳加闡述的幾個問題，諸如各體詩的聲調規律、比喻用典、篇段組織以及風調情韻等問題，在一定意義上講，似可看作「熟讀」的指標，亦即「熟讀」過程中所當解決的問題。因而，所謂「精微處」，起碼也就應當包括這諸多問題。那麼，通過怎樣的途徑，才能欣賞到此「精微處」呢？而所謂「熟讀」，又當「熟」到何等程度呢？據朱氏分析，這要依具體情況而定。有的問題比較簡單，只要多讀、多朗吟，或者常常比較着讀，就能解決；有的問題比較複雜，須要用心、用感情，反覆加以體驗，才能有所領悟。朱氏認為，這過程有個會讀和不會讀的分別。例如，對於詩中所出現的「出處」（出路問題）項目，有些人覺得不真切，不感興趣，而會讀詩的人，多讀詩的人，能夠設身處地，替古人着想，依然覺得真切。朱氏說：「這是情感的真切，不是知識的真切。」「出處」問題如此，其他問題也莫不如此。可見，「熟」到能夠欣賞「精微處」，並非一件容易的事情。但朱氏說明，這是可以在讀的過程中慢慢調整，逐步養成的。這就是說，只要肯下功夫，人人都可以實現「熟讀」的指標（本文所引朱自清語，據《〈唐詩三百首〉指導大概》，載《朱自清古典文學論文集》頁 357-391。上海古籍出版社，1981 年 7 月版）。

　　關於「熟讀」問題，已如上述。這是屬於無法之「法」。以下說其餘有關各種「法」。但此各種「法」，名目繁多，舉不勝舉，這裏只說其中二法：結構分析法和意境創造法。此二法，前者偏重於欣賞，後者偏重於寫作，但不可截然分開。

一、結構分析法

一部「唐詩」擺在面前，五萬餘首，如何欣賞？如何分析與評說？有一種頗為流行的方法叫宏觀研究法，曾將唐詩特點歸納為四個方面，謂：「唐詩之不可及處在氣象之恢宏、神韻之超逸、意境之深遠、格調之高雅。」（袁行霈《中國文學概論》頁 166。三聯書店〔香港〕有限公司，1990 年 9 月版）這一歸納，似將唐詩的特點體現得很周全，就「詩話」論詩的傳統做法看，基本上是無可厚非的。但是，就具體作品看，要說出個所以然來，卻頗為艱難。因為這四個方面，除了意境可以加以說明其深或者遠之外，其餘三者──氣象、神韻、格調，都是難以界定的概念，其所謂恢宏、超逸、高雅與否，也難以採用科學標準加以判斷；以之概括唐詩特點，顯得比較模糊，以之作為讀唐詩的入門之法，也比較難以依循。所以，這裏想推行結構分析法。這是從材料分配、章段組合入手，分析一首詩如何構造起來的分析方法，由此入手，也許便於體驗各種作品的各種「精微處」。

例如唐詩中的五、七言絕句，僅僅四句二十字或二十八字，其所包含的內容無有窮盡，其所體現的技法變化萬千，似頗難洞悉其奧秘之所在。但是，如看其結構模式，其所謂精微之處，也就大多在指掌當中了。這裏說其中的三種模式：獨立式、二分式和開合式。

1. 獨立式，即「一句一絕」或「一句一接」的組合方式。

從內結構看，「一句一絕」，即「一句一意」，四句之間互不相干，各自獨立，與「一句一接」之四句句意互相連接不同。即：「一句一意」，「摘一句亦成詩」；「一句一接」則「一篇一意」，「摘一句不成詩」（謝榛《四溟詩話》卷一）。而從外結構看，無論「一句一絕」或「一句一接」，四句所包含的內容，乃平均分配，並無偏重，與現實生活中的「AA 制」一

般，二者並無不同。這是獨立式的兩種不同的組合方式。

　　唐詩中「一句一絕」例，以杜甫〈絕句四首（其三）〉為典型。其詩云：

　　　　兩個黃鸝鳴翠柳，

　　　　一行白鷺上青天。

　　　　窗含西嶺千秋雪，

　　　　門泊東吳萬里船。

　　這首詩四句分別描寫四種物景——黃鸝、白鷺、雪和船。四種物景分佈在四個不同方位，彼此間並無有關聯之處，即所謂「一句一意」者也；而此四種物景，皆觸動於詩人之眼、之心，並由此生出一種情——思鄉之情，此情未明白說出，乃隱約貫串於詩句當中，即所謂「意絕而氣貫」者也。這是杜甫精心結撰的一種體式，其所作〈絕句六首（其一）〉：「日出籬東水，雲生舍北泥。竹高鳴翡翠，沙僻舞鵁鶄。」亦同此體。據考，這種組合方式乃師法前人所作之〈四時〉：「春水滿四澤，夏雲多奇峰。秋月揚明輝，冬嶺秀孤松。」（楊慎《升庵詩話》卷十一）

　　唐詩中「一句一接」例，以金昌緒〈春怨〉為典型，其詩云：

　　　　打起黃鶯兒，莫教枝上啼。

　　　　幾回驚妾夢，不得到遼西。

　　這首詩一句緊接一句，一環緊扣一環，未嘗間斷，而四句共說一意，通篇只說一事，即：希望做夢到遼西。這一組合方式同樣也是由〈四時〉的體式演變而來的。

　　獨立式的兩種組合方式，歷來為詩家所稱道，以為絕句創作中兩種可供效法的方式。

　　2. 二分式，即「兩句一意」的組合方式。

　　二分式的具體組合方式，可分為三種：一是由時間順序推移所構成的二分式，二是由空間位置變換所構成的二分式，三是由時空推移變換、互

相錯綜所構成的二分式。

例如崔護〈題都城南莊〉：

去年今日此門中，

人面桃花相映紅。

人面不知何處去，

桃花依舊笑春風。

這首詩所寫，空間未有變換，都在「此門中」，而時間則不同，已經過去了一年。因此，詩篇就按照時間推移將題材平分為兩半進行敍述。首二句說去年今日的經歷──尋春遇艷，人面與桃花互相映照，相與鬥艷；次二句說今年今日的經歷──訪艷未遇，只有桃花照舊還在春風中顯耀自己的姿色。前後所說，互相對照，突出表現因時間推移所出現的人事變化，而作者由此變化所產生的失落感，則盡在不言中矣。這是由時間推移所構成的二分式。

又如王維〈九月九日憶山東兄弟〉：

獨在異鄉為異客，

每逢佳節倍思親。

遙知兄弟登高處，

遍插茱萸少一人。

詩篇所寫為重九登高情事，乃在同一日子，時間未曾推移，而空間位置則有所變換。因此，詩篇就所要說的情事分為兩處──我方和對方，進行敍述。首二句所說為我方情事，謂獨自作客異鄉，每逢佳節必定加倍思念親人，而重九更甚；次二句從對面設想，轉說對方情事，謂其於重九登高之時，為少我一人而覺遺憾。就空間位置上看，我方、對方，互相烘托，使得思親之情，顯得更加迫切。這是因空間位置變換所構成的二分式。

又如李商隱〈夜雨寄北〉：

君問歸期未有期，

巴山夜雨漲秋池。

何當共剪西窗燭，

卻話巴山夜雨時。

這首詩所寫材料平均分為兩半，但時間推移及空間變換是互相錯綜的。詩篇首二句說現在、我方情事，表明現在我方思歸未歸，正對着因夜雨不斷而越漲越高的秋池中的水發愁。作者首先將此難堪事告訴對方。這是實寫。次二句轉換角度敍述，即「從現在設想將來談到現在」。這是時間的推移，而且，從空間位置上看，也由現在的「巴山」（我方所在地），轉移到「西窗」（將來我方和對方相聚處所）。謂那時即把今時面對秋池水越漲越高所產生愁思的具體情景告訴對方。這是虛寫。前後所寫，基本情事未變，都是「巴山夜雨時」的愁思，而時間及空間則互相交錯，因使得其所敍基本情事顯得更加真切、動人。這是因時空推移變換互相錯綜所構成的二分式。

以上是二分式的三種構成方式，這是由時空關係而劃分的。此外，如按照物景、情思、事理等題材要素的分配情況看，詩中常見的首二句佈景，次二句言情、敍事或說理的模式，同樣屬於二分式。

和獨立式相比較，二分式對於詩歌材料的處理，同樣採用平均分配的手段，只是前者分為四份，後者分為兩份而已。二分式同樣也是詩家樂於採用的一種結構模式。

3. 開合式，即開合相關、正反相依的組合方式。

這是由作文中「起、承、轉、合」法演化而來的一種結構模式。依據絕句詩中四句不同的句式結構形式，這一組合方式可分為兩種：一是由四個散句組成的「起、承、轉、合」四段式，二是由一個對句兩個散句組成的「起、轉、合」三段式。

先看王維的〈相思〉：

> 紅豆生南國，
>
> 春來發幾枝。
>
> 願君多採擷，
>
> 此物最相思。

　　這是一首詠物詩，所詠本題為「紅豆」，主旨是「相思」。詩篇由四個散句組成。第一句介紹產地，說紅豆的「生」，是為「起」；第二句介紹生長情況，說紅豆的「發」，乃緊接「生」字而來，是為「承」。此二句皆詠本題，可作為全篇的開端。這都屬於自然物景。第三句說「多採擷」，由自然物景轉向社會人事，從句意上看，似已離開了本題，是為「轉」。但是，為甚麼希望「君」（友人）「多採擷」呢？第四句回答了這一問題，即又回到本題──「此物」當中來，是為「合」。詩篇經過「起、承、轉、合」的全過程，既顯示出紅豆的「物形」，也道出了紅豆的「物理」，篇幅簡短，語詞淺白，所包含的意思極為深厚。這就是成功運用「起、承、轉、合」四段式所取得的藝術成效。

　　再看李益的〈夜上受降城聞笛〉：

> 回樂峰前沙似雪，
>
> 受降城外月如霜。
>
> 不知何處吹蘆管，
>
> 一夜征人盡望鄉。

　　這首詩寫邊塞「征人」望鄉思歸之情，屬於一種內心活動，並非一下就展現出來。詩篇一、二兩句為一組互相並列的對偶句，寫邊塞地區（回樂峰前和受降城外）的物景，這是征人包括詩人目中之所見，為思歸的「起」，也是思歸的特定環境。第三句點題，說「聞笛」，由自然物景轉向社會人事，但對笛聲未作具體描述，只是對它響起的方位發出疑問，所寫

似已超出了目中所見之景，這是「轉」。第四句結束全詩，說明征人聞笛後的情緒，歸結到題旨中來，即為「合」。詩篇所寫，由首二句的「起」，佈置場景，再由三、四句的「轉」與「合」，將處於這一場境中的人物的思緒揭露出來，曲折婉轉，感人至深。這是運用「起、轉、合」三段式深入發掘內心奧秘的典範作品。

以上依據絕句句式結構形式，就開合式兩種構成方式的事例作了簡要分析。但有一個問題必須加以說明，即：絕句句式結構形式，除了四句皆為散句，首二句為對句、次二句為散句這兩種格式以外，尚有首二句為對句、次二句也為對句的兩聯結構式及首二句為散句、次二句為散句的格式。其中兩聯結構式，例如杜甫的「兩個黃鸝鳴翠柳」，屬於四句平分的獨立式，前文已述；而首二句為散句、次二句為對句的格式，其結構方法則不一定歸屬於開合式，因其三、四兩個對句，往往並列出現，既不是轉，也不是合，此類作品的結構模式當另作分析，不可一概而論。不過有關開合式的兩種構成方式，在唐詩中還是較為常見的。這也是絕句創作中可供效法的結構方式。

當然，唐詩中五、七言絕句的結構模式未必只是獨立式、二分式、開合式三種。如從其他角度分析，可能還將引伸出別的模式來，而且，這也僅僅是局限於五、七言絕句，至於唐詩中的其他體式，例如五、七言律詩以及古詩、樂府等，其結構模式當有別的許多講究，僅此三式是概括不了的。這裏推行結構分析法，僅是示例而已。希望能夠由此及彼，收到舉一反三的效果。

二、意境創造法

這是一種創作方法，又可以作為批評標準用。前人對此已有許多論

述。但是，有意將它看作是一種學說，極力從理論上加以裝飾的，要算是近代的王國維。民國之初，王國維發表《人間詞話》，倡導「境界說」，儘管只是針對詞，卻並非只適用於詞。所謂「詞以境界為最上」，詞如此，詞以外的其他文學樣式又何嘗不如此。王國維的「境界說」為近代中國詩學研究開闢了新境。王國維之前，人們論詩說詞，雖也說意境或境界，但大多主本色論，只是強調一個「悟」字，所謂本色與非本色，只能意會，難以言傳。王國維說境界，所謂高低、大小、深淺、厚薄，以及闊與長等等，都能以現代科學語言加以表述，用現代科學方法加以測定，以之論詩說詞已漸有門徑可循。這是中國詩學史上的一座里程碑。不過，王國維之後，其「境界說」卻被推演為風格論。人們論詩說詞，往往只是注重於外部觀賞，看其風格如何，而忽略了本體。有關論詩說詞著述，說風格、說人格，洋洋數十萬言，所提供的仍是一片煙水迷茫的景象。為此，這裏推行意境創造法，希望論詩說詞能夠回到本體上來。

何謂意境創造法？在探討具體方法之前，有必要先將「意境」二字說清楚。有關學者稱：「意境是指作者的主觀情意與客觀物境互相交融而形成的藝術境界。」（袁行霈《中國詩歌藝術研究》）這一說法大致不錯。如果用通俗的話講，即可以推出這樣一個公式：「意＋境＝意境」。其中，「意」可解釋為情意、情志或情思，「境」即物境，這是詩歌題材的兩大重要因素；而所謂「意境」，便是這兩大題材要素相加的結果。「＋」即為創造。看來問題並不複雜，不需要花許多心力在概念上做文章。

至於創造法，也就是「＋」的方法，這是需要深入探討的。有關學者論意境，曾將意與境的交融，亦即意境創造法歸納為情隨境生，移情入境及體貼物情、物我相融三種不同方式（袁行霈《中國詩歌藝術研究》），這自然是很有道理的，在中國傳統詩論中也常見此類話題。但是，就其立論的角度看，論者對這三種不同方式的闡述，似乎偏重於意和境的相互關

係，諸如先有境而後隨境生情，或者先有情而後借境將情抒發出來，或者將物（境）之情和我之情融合在一起，說的都是意和境（主觀和客觀）的關係，而對於創作上的「法」則有所偏廢。實際上，所謂「意境」既然與王國維所說的「境界」並無實質區別，那麼，有關意境創造法就可參照王國維測定境界的方法加以探討。具體地說，王國維論境界，乃將它當作一個有境有界的空間範圍來看待，認為「言有盡而意無窮」才是境界之本（參見拙著《人間詞話譯注》「詞以境界為最上」注文）。因此，所謂「言有盡而意無窮」，即以有盡之言表現無窮之意，應是意境創造的一個行之有效的方法。

就文學的時空容量看，所謂以有盡之言表現無窮之意，實際上就是以有限的體積負載無限的內容，包括意和境。這裏，要緊的問題是，如何以有限負載無限，最大限度地擴展作品的時空容量，而其所負載的內容，包括意和境，彼此之間有何關係，則不很要緊。例如王之渙〈登鸛雀樓〉：

> 白日依山盡，
>
> 黃河入海流。
>
> 欲窮千里目，
>
> 更上一層樓。

這首詩所寫，既為登樓時所見之實際物景，所得之實際體驗，又十分明顯地包涵着一種哲理，可稱為王國維所說「意與境渾」的佳篇。但其創造意境的方法到底為何呢？如從意與境的關係看，無論情隨境生，或者移情入境，都很難探知其究竟；而從空間範圍的擴展看，則可發現：作者採用的方法是──先以「白日」與「黃河」，從兩個不同方位將視野展現，而再上層樓，在更高的位置上將「白日」與「黃河」所展示的平面畫幅展示得更加寬闊。因此，詩篇體積有限，其所負載的空間範圍卻無比高遠，其所含哲理也就在此高遠的境界中得到充分的體現。這就是所謂以有限負

載無限的奧秘之所在。

再如陳子昂〈登幽州台歌〉：

> 前不見古人，
> 後不見來者。
> 念天地之悠悠，
> 獨愴然而涕下。

這首詩所寫，登台高歌，悲愴而壯烈。表面上看，好像純是立意，無用物境，實際上詩篇是以流動着的歷史和永恒的天地作為大背景的。就意境創造看，同樣也是「意與境渾」的佳篇。這首詩創造意境的方法，除了從空間範圍加以擴展外，還注重時間的延伸，似比王之渙〈登鸛雀樓〉更加一層。原來，詩人及幽州台的時空容量都是極有限的，但詩篇通過時間的流轉，把視野引向遙遠的過去和漫長的將來，又通過周圍之所見把視野引向廣闊而久遠的天和地，使得詩篇的時空容量逐漸達到無限。因而，全詩所寄寓的思想內容也就更加顯得闊大而深長。可見，這首詩的「精微處」，即其獨特的創作方法，同樣也當從時空容量的擴展上加以領悟。

唐詩中此類佳篇甚多，諸如王維的「江流天地外，山色有無中」（〈漢江臨泛〉）、「行到水窮處，坐看雲起時」（〈終南別業〉）以及「大漠孤煙直，長河落日圓」（〈使至塞上〉）等，都努力利用空間範圍的擴展以展現視野。而李白的〈登金陵鳳凰台〉，由眼前的台說到歷史上的興盛衰亡，則有意用增大作品的時空容量以與崔顥的〈黃鶴樓〉爭勝。這都是唐詩意境創造通常採用的方法。正因為如此，唐詩中所出現的高遠意境才讓人嘆為觀止。

這是從時空容量入手，對於意境創造法所做的探討。自然，如從其他角度看，所謂意境創造法當不只上述一種方法，唐詩意境多種多樣，也當不只上述數境。這是應繼續加以探討的。這裏所說「法」，目的在於通過

「言有盡而意無窮」這一境界之本，摸索唐詩創作的入門途徑。但因所說事例有限，希望能觸類旁通，從而摸索出一套有關唐詩創作的規律（或方法）來，以進入唐詩之勝境。

說了結構分析法和意境創造法，現在再回到「熟讀」問題上來。

首先討論一個問題：注重「熟讀」、不講究具體的「法」，與講究各種具體的「法」，二者各有何利弊？

從整體上看，注重「熟讀」、不講究具體的「法」，利多於弊；而講究各種具體的「法」，則弊多於利。因為唐詩包羅萬象，眾體皆備，各種具體的「法」，雖有指點迷津、引導入門的功用，卻各執一端，無法概括全面，不可能「放之四海而皆準」，運用不當，容易走入魔道；而「熟讀」雖不講究「法」，不容易探知門徑，卻是「無法之法」或「萬能之法」，可超越一切具體的「法」，適用於全部唐詩。這是「熟讀」優於說「法」亦即無法勝於有法的體現。

但是，從局部上看，講究具體的「法」，往往能夠收到較好的效果，有助於「熟讀」指標的實現。

例如，對於唐詩各種體式之有關聲調規律的認識和把握問題，雖可以通過多讀、熟讀、多朗吟的途徑得到解決，但不容易達到精確的地步。所以，朱自清在講述這個問題時就提出：「現在高中學生不能辨別四聲也就是不懂平仄的，大概有十之八九。他們若願意懂，不妨試讀四聲表。這只消從《康熙字典》卷首附載的〈等韻切音指南〉裏選些容易讀的四聲如『巴把霸捌』『庚梗更格』之類，得閒就練習，也許不難一旦豁然貫通。」可見，在解決局部問題時，「熟讀」仍需藉助於適當的「法」。歷來讀唐詩、論唐詩者，大講特講各種具體的「法」，當是有一定依據的。

這是具體的「法」對於「熟讀」之達到「精微處」的幫助，也是有法比無法方便的體現。

其次再說「熟讀」之所謂「無法之法」或「萬能之法」,與各種具體「法」的運用問題。

這一問題,見仁見智,不同人有不同的體驗,不可強求一律。對此,似可從蘇軾〈懷西湖寄晁美叔同年〉詩得到某些啟示。其詩云:

> 西湖天下景,遊者無愚賢。淺深隨所得,誰能識其全。嗟我本狂直,早為世所捐。獨專山水樂,付與寧非天。三百六十寺,幽尋遂窮年。所至得其妙,心知口難傳。至今清夜夢,耳目餘芳鮮。君持使者節,風采爍雲煙。清流與碧巘,安肯為君妍。胡為屏騎從,暫借僧榻眠。讀我壁間詩,清涼洗煩煎。策杖無道路,直造意所便。應逢古漁父,葦間自延緣。問道若有得,買酒勿論錢。

這是蘇軾向友人介紹遊湖心得的一首詩。作者一方面以為「所至得其妙,心知口難傳」,一方面仍向友人傳說自己的經驗(遊湖之法)。作者要求友人:第一要放下官架子,摒棄騎從,暫借僧榻而眠;第二要「讀我壁間詩」,洗刷塵世煩煎,培養遊湖性情;第三要依隨自己的意願(心水),按照眼前湖山特色,安排遊湖道路,以適其所便,而不要有先入之見。這樣,也許有機會遇上有道的古漁父,有機會問得到「道」。——遊湖如此,讀唐詩當也可以有所參照。

這本小冊子,選錄唐詩七十篇,其中多為絕句和律詩,古體和樂府則較少,每篇有題解、今譯、注釋和賞析,算是對於唐詩天下景中的幾個風景點作了扼要介紹,但並非「遊覽指南」。因為每首詩所說,大多僅是側重於某一點或某一方面,不一定能夠識其全體,而且所說多為自身體驗,或淺或深,難以顧及,只能供同好者參考。所有錯漏之處,尚須大方之家多予指正。

施議對

甲戌端陽於濠上之文貍書房

送杜少府[1]之任蜀州[2]

王勃

【題解】

　　王勃（650 至 676 年），字子安，絳州龍門（今山西河津西北）人。初唐四傑之首。隋代學者王通之孫，初唐詩人王績之姪孫。少有「神童」之稱，博學多才。不到二十歲即應舉及第，授朝散郎，在京城長安任官職。

　　這是王勃在京城長安送一位姓杜的朋友到四川某縣做縣尉的一首律詩。

【譯注】

城闕 ❸ 輔三秦 ❹，	廣闊的三秦故土輔衛着宮闕城垣，
風煙望五津 ❺。	遙望岷江五津渡只看到風塵雲煙。
與君離別意，	我和你今番別離雖如此令人感傷，
同是宦遊人。	但你我出門遠遊同樣是背井離鄉。
海內存知己，	只要在四海之內還有個知心朋友，
天涯若比鄰 ❻。	儘管是遠隔天涯也好像近鄰一樣。
無為在歧路 ❼，	不要在十字路口表現得難分難捨，
兒女共沾巾。	就像那小兒女般抱頭哭淚濕衣衫。

❶ 少府：唐時對縣尉的美稱，其地位低於縣令。

❷ 蜀州：今四川崇州。應作「蜀川」。

❸ 城闕：城垣與宮闕。指京城長安。

❹ 三秦：項羽滅秦，三分關中，以封秦國降將，總稱「三秦」。

❺ 五津：蜀中岷江的五大渡口 —— 白華津、萬里津、江首津、涉頭津、江南津，
泛指「蜀川」。

❻ 比鄰：緊靠的鄰居。

❼ 歧路：岔路。古人送別，常至大路分岔處分手，常將臨別稱為「臨歧」。

【賞析】

　　這是一首送別詩，屬於投贈一類。《全唐詩》中，這類題材的篇章佔
據很大的比例。這是由唐帝國特定的社會環境所決定的。

　　在中國歷史上，唐代是封建社會發展的鼎盛時代。統治者對於自己的

統治充滿信心，帝國推行「開放」政策，對外加強軍事擴張和工商貿易，文化方面則兼收並蓄。這一切，為唐代士子的進取提供了許多機會。於是，出門遠遊，或求學（稱「遊士」、「遊學」），或求官（稱「遊宦」、「宦遊」），或從軍（求取封侯之賞），已成為當時的社會風尚。這首詩寫「客中送客」，正真切地反映了某一具體狀況。

　　詩篇共八句，可分二解。前一解四句，點明題目，從空間位置上顯示主客雙方的關係以及這次送別的性質。首二句說，在京城長安這一座由遼闊的三秦輔衞着的帝王都，主人（詩人）正要送客人（杜少府）前去「蜀川」那遙遠的地方任職。二句視野寬闊，包含着極大的空間容量，一方面體現帝國疆域，一方面也體現詩人心胸。但因為這次送別，主人與客人即將相距很遠很遠，兩人自然產生一種傷別情緒。這一點從「望」字當中，已可透露出其中消息。次二句就此一「望」字，接着說別離之意，謂：這次送別，雖說是主人送客人，別離之意令人感傷，實際上主人自己也是客人，因為送者和被送者，同樣都是出門作客的「宦遊人」。二句既是對被送者的一種寬慰，也是當時的實際情形，說明「客中送客」，別上加別，雙方的別離意緒都是可以理解的。前一解所寫，是對於「別」的肯定，謂此別離必將令主客雙方感到悲傷。這就是「離別意」。而後一解四句，則反其道而行之，對於「別」加以否定。謂此別離並非真的別離，不必哭哭啼啼，難捨難分。「海內存知己，天涯若比鄰」，將視野放得更寬，以為四海之內只要還有知己存在，就不怕分別，不怕遠離天涯海角。因此，後一解就把前一解所表現的悲傷情緒完全消除了，使得這次別離成為一次愉快的別離。這當是這首送別詩與一般送別詩的不同之處。

回鄉偶書 ➊

賀知章

【題解】

賀知章（約 659 至約 744 年），字季真，晚年自號「四明狂客」，越州永興（今浙江蕭山）人。「吳中四士」之一。武后（武曌）證聖元年（695 年）進士，累遷太常博士。唐玄宗時官至太子賓客，授秘書監。天寶三載（744 年）請為道士，歸隱鏡湖，不久去世。嗜酒，善草隸。與李白為忘年交好。

賀知章一生仕途順利，八十六高齡始告老還鄉。其時，唐玄宗曾賦詩送行，文武百官也餞別於都門之外。〈回鄉偶書〉共二首，寫其還鄉時的感受。這是其中一首。

【譯注】

少小離家老大回，
鄉音 ❷ 無改鬢毛衰。
兒童相見不相識，
笑問客從何處來。

小時候出門遠遊到老才歸返，
鄉音不曾變只是鬢角上了霜。
年輕人見了面個個不相識，
笑着問我這客人來自何方。

❶　偶書：隨意書寫下來。

❷　鄉音：家鄉的口音。

【賞析】

　　少小離家，老大歸返，這是一種極為普通的社會現象。所謂回鄉詩，古往今來並不少見。但是，像這首詩一樣，寫得如此真切、生動，卻不易得。這是由於這首詩所寫並非一般的還鄉經歷，例如仕途失意還鄉時所受到的冷落與譏諷，或者榮華富貴還鄉時所表現的驕矜態度等等。這首詩寫的是一種實實在在的人生體驗。這是人人都感受得到，而又容易被忽視的體驗。詩人緊緊把握，並把它巧妙地描繪出來。因此，這首詩才成為千古傳誦的佳作。

　　在這僅僅四句二十八個字的絕句當中，詩人描繪人生體驗，是經過一番精心安排的。

　　首先，關於題材的選擇與處理。從「少小」一直到「老大」，幾十年間可說的事和物難以計數，詩人只說「鄉音」與「鬢毛」，並依據其不變（「未改」）與變（「衰」）的特徵，將二者聯繫在一起，進行對比，不僅將一生所有概括其中，而且也在字裏行間流露出滄桑之感。平平常常的人

生經歷——「少小離家老大回」，平平常常的兩件事——「鄉音未改」和「鬢毛衰」，經此組合排列，所包含的意思就不平常。這是詩人創作的一個巧妙之處。

其次，關於場景的設置。因為多年不曾還鄉，所見所聞，可以採入詩章的自然舉不勝舉，但詩人只說兒童相見時的情景，不及其餘。這是一個有趣的特寫鏡頭——兒童相見時笑問：「客從何處來？」詩人為甚麼特別留意這一情景，並把它攝入鏡頭？這是因為它照見了人生，充分體現出從「少小」到「老大」的變化以及對於這一變化在心中所產生的一種無可奈何的情緒。偶然出現的場景，一瞬即逝，將它作為還鄉時主要的描寫對象，與「鄉音未改」和「鬢毛衰」聯繫在一起，其滄桑之感就更加濃厚。這是詩人創作的另一個巧妙之處。

由於以上的安排，這首小詩所寫就讓人如親臨其境一般，因而和詩人一起，共同領略此人生體驗。這就是這首詩與眾不同的原因。

登幽州台[●]歌

陳子昂

【題解】

陳子昂（661至702年），字伯玉，梓州射洪（今屬四川）人。出身富豪，少年好俠，十八歲始專致讀書。二十四歲在洛陽舉進士，參加對策考試，名列前茅，擢麟台正字。為人正直，不畏權貴。屢次上書武則天，指陳時弊，言詞甚峻切。曾遭冷遇，並受誣入獄。免罪後，隨軍征討契丹，參謀軍事，亦備受壓抑。解官回鄉，後遭迫害，再度入獄，自殞身亡。

陳子昂登上詩壇，提倡「興寄」與「風骨」，力矯齊梁「采麗競繁」餘風，為初唐詩歌革新運動的一員猛將。

這是陳子昂隨軍出征，被降為軍曹時所寫下的一首短詩。

【譯注】

前不見古人，　　　　　　　　古之人在前已成為過去，

後不見來者。　　　　　　　　後來者如何我不可得知。

念天地之悠悠 ❷，　　　　　　想那寬闊而久遠的天和地，

獨愴然 ❸ 而涕下。　　　　　　只能夠獨自垂淚獨自傷悲。

❶ 幽州台：即燕台，又名薊北樓。幽州，郡名，唐屬河北道，治所在今北京大興。

❷ 悠悠：漫長久遠。

❸ 愴然：傷感的樣子。

【賞析】

　　這首詩作者自寫胸襟，總共僅二十二字，體積很小，容量卻很大。

　　第一、二句，就時間流轉展示歷史進程，把視野引向遙遠的過去和漫長的將來，這是縱向拓展；第三、四句，就空間位置，展現周圍的一切，把視野引向廣闊而久遠的天和地，這是橫向鋪排。這當中，時間和空間都是無限的，而詩人及幽州台，則極為有限。在古人、後來者和「我」之間（古人──「我」──後來者），詩人深感人生短促。既見不到幾百年、幾千年以前的古人，又見不到幾百年、幾千年以後的後來者；在天、地和「台」之間（天──台──地），詩人嘆息人生渺小，既比不上天地的廣闊，又比不上天地的漫長。因此，登上幽州台，詩人只能獨自愴然落淚。這是詩篇所包含的一個方面的內容，可能與詩人在軍中的遭遇有關。但是，詩篇的內容並不僅僅局限於此。從另一個方面看，詩人登上高台，縱

觀歷史，放眼天地，並非只是消極的興嘆，而是迫切希望在歷史上、在天地間，能夠幹一番事業。這是詩人積極進取精神的體現。

　　總的來看，這是一支壯烈的悲歌。它既有悲的一面，又有狂的一面，還是能鼓舞人心的。全詩所寄寓的思想內容，十分闊大而深長，甚是耐人尋味。

涼州詞❶二首（其一）

王翰

【題解】

　　王翰（687 至 727 年），字子羽，并州晉陽（今山西太原）人。唐睿宗景雲元年（710 年）進士。唐玄宗開元八年（720 年）參加直言極諫科、超拔群類科考試，授昌樂尉，擢通事舍人，遷駕部員外郎。出為汝州長史。貶仙州別駕，再貶道州司馬。為人狂放不羈，不以貶謫為意，每與才人豪俊縱禽擊鼓遊樂。所作詩駿發踔厲、豪邁曠達，有真情。

【譯注】

葡萄美酒 ❷ 夜光杯 ❸，	葡萄酒，夜光杯，圓潤晶瑩，令人陶醉，
欲飲琵琶馬上催 ❹。	乾杯吧，快樂的伙伴，馬背上琵琶，盡情地催。
醉臥沙場 ❺ 君莫笑，	醉了就在陣地上睡個夠，管它甚麼煙滅灰飛、地轉天旋，
古來征戰幾人回。	古往今來，多少兵士，有幾個還能活着回返。

❶ 涼州詞：一名〈涼州歌〉。涼州，唐時屬河西道，治所在今甘肅武威。

❷ 葡萄美酒：西域產葡萄，可釀美酒。唐太宗破高昌，收馬乳葡萄於苑中種之，並得其酒法，後來即廣泛流傳。

❸ 夜光杯：白玉製成的酒杯，光明照夜，因稱「夜光杯」。此借以形容酒杯之晶瑩。

❹ 「欲飲」句：謂彈奏琵琶以侑酒。「催」有「侑」（即勸）之義，指彈奏琵琶以助酒興。

❺ 沙場：平沙曠野，用稱戰場。

【賞析】

　　這首描寫邊塞生活的絕句，當時是用來歌唱的。歌詞的內容是戰場上的將士在琵琶聲中縱情飲酒。其中所謂「醉臥沙場君莫笑，古來征戰幾人回」，既體現戰爭所造成的實際效果，也體現將士們將生命置之度外的

豪爽性格和樂觀精神。這是盛唐時期某種社會心理的反映。當時，國力強盛，統治者竭力向外擴張，社會上不少人都想在對外征戰中建立功業。所以，儘管從軍殺敵，有去無回，風險很大，人們仍然積極進取。這就是詩篇的現實依據。但是，對於詩篇中的「催」字，則有不同理解。一種以為「催促」，謂「將軍還想多喝幾杯，可是軍士已騎上馬，不便口頭催促，只是撥響琵琶」；一種以為「侑」，謂彈奏琵琶以助酒興。兩種理解相距甚遠，前者說的是不讓多喝而拚命喝，似借酒以發泄胸中的一種不滿情緒；而後者則讓喝而盡量多喝，似借酒以發泄胸中的另一種激昂之氣。從詩篇所營造的氣氛看，我以為後一種理解較為合適。

登鸛雀樓 ❶

王之渙

【題解】

　　王之渙（688 至 742 年），字季凌，晉陽（今山西太原）人。少年任俠。二十歲前即精於文。開元中入長安，與王昌齡、高適、崔國輔等唱和，名動一時，並與李白、杜甫等交往。曾任冀州衡水主簿，因受誹謗，辭官歸故里。家居十五年後，又為文安郡文安縣尉，卒於任所。

　　王之渙詩作境界開闊，具有高遠雄渾氣勢，並善於狀寫相思別離之情。每一曲成，譜入樂府，即流播人口。

　　這是王之渙的一首登覽之作。

【譯注】

白日依山盡，　　　　　　　　太陽從西山緩緩降落，

黃河入海流。　　　　　　　　黃河滾滾東流入大海。

欲窮 ❷ 千里目，　　　　　　　想要看盡千里間物景，

更上一層樓。　　　　　　　　應再登上高一層樓台。

❶　鸛雀樓：在河中府，今山西永濟縣境。樓高三層，前瞻中條山，下瞰黃河，唐
　　人留詩者甚多。

❷　窮：作「盡」字解。

【賞析】

　　這首詩所寫，既為登樓時所見之實際物景、實際體驗，又十分明顯地包涵着一種哲理。因為當時的鸛雀樓，樓高三層，確實一層比一層看得更高、更遠，所以詩篇所寫與登覽情形相合。但是，詩篇所展現的卻比實際情形更加高遠。所謂「欲窮千里目，更上一層樓」，既說登覽，又已經超出了登覽的範圍。後世讀這首詩，往往將這兩句話看作是對於一種更加高遠目標的進取，或對於一種更加高遠境界的追求。這是詩篇包涵哲理所造成的客觀效果。

　　不過，詩篇寫哲理，並非抽象說教，而是在景物描寫中自然體現。詩篇首二句描寫「白日」與「黃河」，從兩個不同方位將視野展開：一個是沿着西山緩緩落下，一個則朝着東海滾滾流去；二者展示出一個無比遼闊的平面畫幅。次二句說更上層樓，既寫實，又可看作是一種想像，這一想像並不受實際樓層的限制。這就在更高的層次上將平面畫幅展示得更加遼

闊。而四句合在一起，詩篇所包涵的空間容量就顯得無比高遠，其哲理也就在此高遠的境界中得到充分的體現。因此，這首詩說理就不像後來的宋詩那樣，以理勝而缺乏具體感人的魅力。

涼州詞二首（其一）

王之渙

【題解】

　　這首詩又題〈出塞〉。曾被譜成樂曲，廣為傳唱。據載：唐開元間，王之渙與高適、王昌齡到酒店飲酒，遇梨園伶人唱曲宴樂。三人私下約定，以伶人演唱各人詩章情形定詩名高下。結果，三人詩章都唱了，而諸伶中最美麗一位所唱則為「黃河遠上白雲間」。這就是著名的「旗亭畫壁」故事。後世推這首詩為「唐人七絕之冠」。

【譯注】

黃河遠上 ❶ 白雲間，　　　　黃河水洶湧澎湃一直到達白雲之間，

一片孤城萬仞山。　　　　　邊塞上萬山簇擁孤零零的城牆一片。

羌笛何須怨楊柳 ❷，　　　　吹笛人何必埋怨此地無有楊柳可折，

春風不度玉門關 ❸。　　　　玉門關外春風不到只有那沙黃草白。

❶　黃河遠上：又作「黃沙直上」。

❷　楊柳：〈折楊柳〉簡稱，漢「橫吹曲」名，多述離愁別緒。

❸　玉門關：故址在今甘肅敦煌西北。

【賞析】

　　王之渙〈涼州詞〉二首，描寫塞上風光，體現戍邊人的思想情緒，頗具特色。這是第一首。

　　詩篇首二句寫「黃河」與「孤城」，為佈景。謂塞上城牆就在萬山簇擁當中，而黃河則像從白雲之間流下一般。這是戍邊人的所在之地。其中着一「孤」字，既表示邊城的孤寂與渺小，又顯示出河與山的遠大與崇高。這是塞上特有的風光，亦即戍邊人活動的大背景。

　　次二句寫笛聲，為說情。羌笛，西羌人所做的笛子，而吹笛人則為戍邊的大唐將士。笛曲有〈折楊柳〉，這是流行於中國西北一帶的一種「橫吹曲」，一般用以表現離愁別緒。李白〈春夜洛城聞笛〉有句：「此夜曲中聞折柳，何人不起故園情。」可知吹笛人吹奏此曲（〈折楊柳〉），大概與懷鄉怨別（「故園情」）相關。這是在邊城這一大背景下所展現的人物活動——別的不說，只說笛聲。而且，就此笛聲，進一步生發開去。謂：不須埋怨送別之時無有楊柳可折，這裏根本就是春風吹不到的荒原。二句所寫，側重社會人事，也與自然物景相關，所謂「春風不度玉門關」，正是上文所說「孤」的具體體現。而詩人以及吹笛人的怨恨情緒也就充分地表現出來。

過故人莊

孟浩然

【題解】

　　孟浩然（689 至 740 年），襄州襄陽（今湖北襄樊）人。早年隱居家鄉鹿門山，專致攻讀。後曾幾度遠遊，入蜀中，抵吳越，到達薊門。年近四十，赴長安應舉，失意而歸。唐玄宗開元二十四年（736 年），四十歲，時張九齡出鎮荊州，招致幕府，不久辭別。歲晚鄉居，遇王昌齡流嶺南北歸，相見甚歡，食鮮疽發而亡。

　　孟浩然一生未曾入仕，自鳴清高。多山水旅遊之作。與王維並稱「王孟」，為盛唐時期山水田園詩之代表作家。

　　這首詩描寫詩人到田家做客的情形，頗能體現孟浩然所作田園詩的情趣與風格。

【譯注】

故人具雞黍❶，　　　　　　老朋友宰了雞燜好小米飯，
邀我至田家。　　　　　　　邀請我到田家和他共分享。
綠樹村邊合，　　　　　　　田家樹密匝匝將村莊環抱，
青山郭外斜。　　　　　　　村外山碧蒼蒼向遠處伸延。
開軒❷面場圃❸，　　　　　　開窗戶面對着穀場和菜圃，
把酒話桑麻。　　　　　　　舉起杯共慶賀桑麻豐收年。
待到重陽❹日，　　　　　　等得那九月九重陽佳節到，
還來就菊花。　　　　　　　菊花開請再來一起細品賞。

❶ 具雞黍：準備雞和黍，即殺雞煮飯。

❷ 軒：作「窗」字解。

❸ 場圃：穀場與蔬圃（菜園）。

❹ 重陽：重陽節，農曆九月初九。

【賞析】

　　施蟄存說：「孟浩然專作五言詩，現在所有的《孟浩然詩集》中，共收詩二百五十七首，五言詩佔了二百二十首。五言四韻的律詩又佔了五言詩中的大半。」（施蟄存《唐詩百話》）可見，孟浩然對於五言律詩必定有所造就。

　　這裏只說以口語入律的技巧，這是這首田家詩的一個主要特色，也是孟浩然五律成就的一個方面的表現。

　　詩篇八句四韻，共四聯，用以展現到田家做客的全過程。首聯說老朋

友準備好雞和黍，請我前去做客，這是事情的起因；頷聯說綠樹和青山，這是進村時看到的景象，為事情的進一步發展；頸聯說開軒和把酒，這是做客的具體情形，為事情發展的高潮；尾聯說品賞菊花，這是告別儀式，為事情的結局。四聯所寫，有頭有尾，有中間過程，便於用家常語，表現家常事。這是以口語入律的一個有效途徑。

例如「故人具雞黍，邀我至田家」、「待到重陽日，還來就菊花」，首尾二聯，採用散文句式，款款道來，就像講話一般；「綠樹村邊合，青山郭外斜」、「開軒面場圃，把酒話桑麻」，中間二聯，為駢偶句式，工整平穩，也非常明白。

整首詩在輕描淡寫中構成，看似很平易，但卻十分嚴謹。而其濃郁的情味也在至淡至淺的詩境中得到合適的體現。這就是詩人不同一般的造詣。

春曉

孟浩然

【題解】

　　這首詩寫春曉，題材很一般，但卻富有情趣，讓人讀後不能不再三回味，詩人所惋惜的究竟是甚麼？

【譯注】

春眠不覺曉，　　　　　　　春日裏不知不覺睡到快天光，
處處聞啼鳥。　　　　　　　醒來時四處聽見鳥雀嘰嘰叫。
夜來風雨聲，　　　　　　　昨夜間風聲雨聲一陣又一陣，
花落知多少。　　　　　　　不知道西園花木被打落多少。

【賞析】

這首詩題為「春曉」，寫春日早晨睡醒之時的某種感受。既十分敏銳，其下筆用字便十分體貼入微，十分精細。這也是詩人敏銳觀察力以及多愁多感情性的體現。

首二句說春眠，因為入春人慵，眠不覺曉，等到聽到鳥叫聲，方才知道已經天亮。二句所寫非常切題，真真正正是春曉景象。這是為鳥聲驚覺、尚在枕上時的情景。所謂「春曉」，僅此二句，便煞住筆，不再往下寫，而是忽然一轉，由「曉」說到曉之前的事，即昨夜的事。謂一夜風雨，不知道打落多少花木。這就是次二句所表達的意思。次二句由昨夜聯想到今朝，就又回到了「曉」上來。由此可見，全詩寫「曉」，用筆十分縝密。再說對於「曉」的感受，既突出聽覺的作用，又盡量發揮想像，以激起震撼人心的力量。例如：鳥聲與風雨聲，都作用於聽覺，為詩人所聽到的實際景象，屬於自然物景，與社會人事不一定相關，但經過聯想，啼鳥處處之爛漫春光卻與摧花折木的風雨形成強烈的對照，讓人不能不對於落花，或對於其他甚麼被摧折的事物產生惋惜心情。這就是詩人善於感受所產生的藝術效果。

全詩所寫似乎微不足道，很容易被人忽視，但其所寫感受，卻確實是值得回味的。這就是這首詩之所以傳唱不絕的一個重要原因。

出塞[1]

王昌齡

【題解】

　　王昌齡（694 至約 756 年），字少伯，京兆萬年（今陝西西安）人。家境貧寒。早年曾漫遊西北邊塞。唐玄宗開元十五年（727 年）進士，授秘書省校書郎。二十二年應試博學宏詞科登第，授汜水（今河南鞏縣東北）尉。後因事貶嶺南。一年後，返長安。授江寧（今江蘇南京）縣丞。天寶七載（748 年），因所謂「不護細行」，被貶為龍標（今湖南黔陽）縣尉。安史亂起，由龍標赴江寧，為濠州刺史閭丘曉所殺。

　　王昌齡寫詩以絕句為主，尤其擅長七絕，與李白的絕句媲美，被推尊為「七絕聖手」。

　　王昌齡詩作可分為三類：邊塞詩、閨怨詩、投贈詩。所作清新雋永，與高適、王之渙齊名，時人譽之為「詩家天子王江寧」。

這首詩用樂府舊題——「出塞」，敘征戍之事，屬於邊塞詩，歷來受到詩評家高度推許，明代李攀龍以為唐人七絕壓卷之作。

【譯注】

秦時明月漢時關，	此時明月曾照見秦時兵將，此時關塞有漢軍將熱血染，
萬里長征人未還。	離開家園經過了千里萬里，連年征戰遠征人未有歸期。
但使龍城 ❷ 飛將 ❸ 在，	我想起了飛將軍衛青李廣，如果今日仍把守要塞邊關，
不教胡馬度陰山 ❹。	一定是上下齊心眾志成城，決不讓敵軍鐵騎踏過陰山。

- ❶　出塞：樂府「橫吹曲」舊題，唐時為「新樂府辭」。
- ❷　龍城：漢時匈奴大會祭天之處，其故地在今蒙古國鄂爾渾河西側和碩柴達木湖附近。又說即盧龍城，在今河北喜峰口附近，為漢代右北平郡所在地。
- ❸　飛將：合用衛青、李廣之事，借指威震敵境之名將。
- ❹　陰山：在今內蒙古中部，為唐時塞外屏障。

【賞析】

這首詩題為「出塞」，用樂府舊題寫時事，其突出特點是：將古與今的時間距離縮短，從而在關山依舊、人事已非的境況下，訴說感慨。

首二句寫「明月」和「關」(關塞)以及「關」上的「人」。謂此明月，亦即秦時之明月，此關，亦即漢時之關。秦、漢互文見義，實際上則指秦漢。這是客觀物景，歷千百年或千百萬年，都還是客觀物景。而此景中之人，此時與秦漢之時雖各有不同，但其離家遠征，未有歸期，其情懷卻無有不同。二句所寫，可以說是歷史回顧，即從秦漢至今，已有無數征人戰死邊疆，又可以說是現實寫照，即今日征人歸無有期，而此二者，有「明月」和「關」可作見證。這是古今皆同的景象。

　　次二句專說人事。以古之飛將軍衛青、李廣事跡，嘆息今之邊塞無有名將把守的現實，以古證今，表現自己的希望與不滿。漢時李廣，為右北平太守，治所在盧龍城。因其英勇善戰，匈奴稱之為飛將軍，未敢來犯。這是抵禦外來侵略的萬里長城。陰山由河套西北延伸於內蒙古，並與內興安嶺相接，這是抵禦外來侵略的天然屏障。但是，名將已逝，長城不在，天然屏障也就失去了作用。因此，才有「胡馬度陰山」的後果，以及「萬里長征人未還」的悲劇。這是歷史的教訓，也是今人的明鑒。詩篇的着眼點就在於此。

從軍行七首（其五）

王昌齡

【題解】

本詩選自《王昌齡詩集》，原作七首，這是第五首。

〈從軍行〉七首可能是詩人從軍生活的反映。詩中說及青海、洮河等地，正是唐朝與吐蕃交戰之地。唐代從太宗到玄宗時期，尤其是開元年間，國力強盛，曾與契丹、奚、突厥、吐蕃、南詔發生過戰爭。其間，尤與西北吐蕃交戰歷時最長久。當時，厚賞邊將，並委之為節度使，給予署官權力。其中，不少文人學士因此趨赴西北，從軍為幕僚。王昌齡因曾遊歷西北，也就獲得了這一機會。

【譯注】

大漢 ❶ 風塵日色昏，　　　　　滾滾煙塵將大漠遮蔽得昏黑一片，
紅旗半捲出轅門 ❷。　　　　　走出轅門頂逆風難行進紅旗半捲。
前軍夜戰洮河 ❸ 北，　　　　　前鋒部隊洮河北夜戰中全獲大勝，
已報生擒吐谷渾 ❹。　　　　　快報傳來已經是活捉了敵軍首領。

❶　大漢：廣闊的沙漠。

❷　轅門：軍營的門，以戰車豎立相向而成。古代乘車作戰，行軍紮營時，用車環
　　衛，以保安全，出口處用兩部車的轅相對豎起，作門狀，故稱「轅門」。後來
　　習慣用來指軍營的正門。

❸　洮河：即洮水，在今甘肅省西南部，是黃河上游的支流之一。

❹　吐谷渾：讀作「突欲魂」，西域鮮卑族建立的一個國家，據有洮水西南等處。
　　這裏用來借指敵軍的首領。

【賞析】

　　〈從軍行〉是樂府舊題，歷來用這題目所寫的詩篇，內容都和軍旅生
活有關。王昌齡沿用舊題，所寫也是軍旅題材，但他所採用的文體卻是七
言絕句。

　　王昌齡這首絕句詩在藝術創作上所取得的成就，主要表現在以下兩個
方面：

　　首先，這首詩構思獨特，取材十分巧妙，頗能體現詩人的藝術匠心。
例如，詩篇所寫是一場戰事，因為篇幅所限，不可能展示戰事的全過程，
詩人就只是描述大軍出發時的情景。這一情景分兩層加以展示：一說風塵

滾滾紅旗半掩，大軍開出轅門；一說正出發時，前軍傳來捷報。前者所寫戰事尚未開始，後者即報告戰果，中間的過程已省略。這樣的安排，出人意表，具有巨大的吸引力。

其次，詩人善於融情入景，渲染氣氛，以體現其高昂威武、勁拔豪邁的藝術風格。例如，詩篇第一句即展示大漠風光，但並非純客觀的描摹，而是注入詩人的主觀情思，並且在此大背景下，由第二句展示軍隊出征的雄壯場面。這是寫景，但其中卻融入「情」。即：一方面是風塵滾滾，地暗天昏，一方面即雄糾糾，氣昂昂，開出轅門而去。這一無比威武的場景，同時也顯示出激烈的戰鬥氣氛。因此，整首詩所創造的境界，充滿着蓬勃生機。

長信❶秋詞五首（其三）

王昌齡

【題解】

　　「長信秋詞」，由樂府舊題〈怨歌行〉化出，寫的是漢成帝妃子班婕妤的故事。相傳漢成帝專寵趙飛燕姊妹，班婕妤曾作〈團扇詩〉，借秋扇之被捐棄以抒寫君恩中斷，自身被遺棄的憂怨情緒。王昌齡這首詩就此故事加以敷演，是一首寓意深刻的宮怨詩。

【譯注】

奉帚❷平明金殿開，	早起身灑掃完畢金殿洞開，
且將團扇❸共徘徊。	共團扇一樣命運一起徘徊。

玉顏不及寒鴉色，　　　　　　如花貌竟然不及烏鴉光彩，

猶帶昭陽 ❹ 日影來。　　　　　因為它帶着日影從昭陽來。

❶ 長信：漢宮名，在長安渭水以東，太后所居。班婕妤為避禍，求侍奉太后於長
　信宮。

❷ 奉帚：供奉灑掃。班婕妤失寵後，退居長信宮，作〈自悼賦〉有「供灑掃於幃
　幄兮」句，此用其意。

❸ 團扇：圓形的扇子。班婕妤曾作〈團扇歌〉（一作〈怨歌行〉），以「秋扇見捐」
　比喻自己被遺棄。

❹ 昭陽：漢宮殿名。趙飛燕女弟昭儀所居。

【賞析】

古樂府歌辭中有〈怨歌行〉：

　　新裂齊紈素，

　　皎潔如霜雪。

　　裁為合歡扇，

　　團團似明月。

　　出入君懷中，

　　動搖微風發。

　　常恐秋節至，

　　涼飈奪炎熱。

　　棄捐篋笥中，

　　恩情中道絕。

這首詩又題〈團扇歌〉，相傳為班婕妤所作。王昌齡的〈長信秋詞五

首〉即取材於此。〈長信秋詞五首〉從五個不同角度寫宮怨。這裏所錄為第三首，描寫婕妤於某一秋日早晨在長信宮中的所作所為與所思所感，從而寄託自己的某一種懷抱。

首二句寫所作所為。謂天色方曉，金殿洞開，主人公早已起身，並且灑掃完畢；此時，別無他事，只好手持團扇，且共徘徊。二句寫了人和物——主人公和團扇，此二者有着共同的遭遇，一樣的命運。二句構成了一幅冷宮秋早圖，這是由〈團扇歌〉直接生發出的圖景。

次二句寫所思所感。謂寒鴉飛過，忽然觸動主人公的心思，使其覺得人不如鴉。這是人和物的對比。因為寒鴉從昭陽殿上飛過，身上還帶有昭陽日影，無比光彩，而人則深居長信，得不到君王一顧，所以不如寒鴉幸運。其中所謂「日影」，可能為實景，也可能為虛擬之詞，古時以日喻帝王，「日影」可用以指君恩。二句揭示人物的心理活動，是由〈團扇歌〉間接生發出的思與感。

王昌齡這首宮怨詩深刻、細緻地再現宮廷婦女的生活與心情，可看作是一種代言體，即代宮女立言的詩篇，又可看作是一種借題發揮，為自己立言的詩篇。前者用意十分明白，後者為文人的寄託，可結合時代及作者經歷等方面進一步加以理解。

閨怨

王昌齡

【題解】

　　唐朝是中國封建社會的一個鼎盛時代，但因頻繁戰爭，給人民帶來了災難，在唐代，既有熱烈歌頌戰爭的邊塞詩，又有反對戰爭的閨怨詩。王昌齡這首詩所寫「覓封侯」的夫婿，可能就是應徵入伍、征戰在外的軍士。

【譯注】

閨中少婦不知愁， 春日凝妝 ❶ 上翠樓 ❷。	深閨中的少婦不知道甚麼是憂愁， 春天到妝扮得漂漂亮亮登上翠樓。

忽見陌頭楊柳色，　　　　　　忽然間看到路口楊柳已青葱一片，
悔教夫婿覓封侯 ❸。　　　　　十分悔恨當初讓夫婿外出求封侯。

❶ 凝妝：即嚴妝，謂着意妝飾。

❷ 翠樓：古代婦女居所有紅樓、朱樓、翠樓之稱，而青樓即專指妓女居所。

❸ 覓封侯：求取封侯之賞。

【賞析】

　　應徵入伍，求取封侯之賞，這是盛唐時期青年人進取精神的表現。在當時，這可能已成為一種社會風氣。所以，閨中少婦，無憂無慮，不知道愁苦，依舊像往常一樣，打扮得漂漂亮亮，登上翠樓。這主要是因為還不曾嘗到別離的滋味。但是，當她看到路口楊柳的時候，為甚麼突然發起愁來呢？這位少婦發愁的原因大致有二：一是因為古時送別，習慣折柳條相送，路口楊柳是千千萬萬別離人的見證，少婦因楊柳而想起離別，想起出外的夫婿，所以生愁；二是因為楊柳色是春天的標誌，亦即可以當作是「春色」的代稱，這是一年一度春的景色，屬於自然物景，每年如此，而人呢？隨着時光流逝，美好青春卻無法永存，因物景而觸動心境，所以生愁。

　　這首詩僅二十八個字，但所包含內容十分豐富。從「不知愁」、「凝妝上翠樓」到「悔」，既有具體行動，又有內心變化，無比深刻、生動。

使至塞上

王維

【題解】

　　王維（699至761年），字摩詰，太原（今山西祁縣）人。自幼聰慧，有天分。九歲能文，十五歲以詩名世，二十一歲舉進士。曾任大樂丞、吏部郎中等職。開元二十五年（737年），三十九歲時，曾出使塞上，在涼州河西節度使幕府當判官，不久回長安任職。四十歲以後，過着一種半歸隱生活。初居於終南別業，後在藍田得宋之問別墅，與好友「浮舟往來，彈琴賦詩」，並吃齋奉佛。

　　天寶十四年（755年），安史亂起，王維趕不及追隨唐玄宗逃亡，為安祿山所俘，並被迫任給事官。當時，王維有〈凝碧詩〉一首見志。安史亂平，兩京收復，唐肅宗欲治王維偽官之罪，因有詩為證，並有其弟王縉（時任刑部侍郎）求情，才得倖免。官至尚書右丞，世稱「王右丞」。卒年

六十二。

　　王維能詩、能畫，通音律、工書法，是一位具有多方面藝術才能的文學家。前期的邊塞詩，熱情奔放、朝氣蓬勃；後期的山水詩，清麗恬淡、寧靜悠閒。王氏被推為唐代山水田園詩派的代表人物。

　　王維在仕途上受挫之後，轉攻佛經，精研佛理，並且時以佛理入詩，形成特殊的風格，曾被稱為「詩佛」。

　　這首詩是開元二十五年（737 年）詩人奉命出使塞上所寫的。

【譯注】

單車欲問邊，	輕車上路奉王命察訪邊防，
屬國 ❶ 過居延 ❷ 。	日夜兼程來到了屬國居延。
征蓬出漢塞 ❸ ，	就像是蓬草一般隨風出塞，
歸雁入胡天。	又像是孤雁破空飛入胡天。
大漠孤煙直，	廣闊沙漠豎立起一柱燧煙，
長河落日圓。	圓圓落日在黃河邊上高懸。
蕭關 ❹ 逢候騎，	經過蕭關遇上了偵察騎兵，
都護 ❺ 在燕然 ❻ 。	告知都護已進駐前線燕然。

❶　屬國：漢代稱邊城保留原國號而隸屬於漢的附屬國為「屬國」。

❷　居延：為漢屬國之一。漢時，涼州一帶有居延、張掖二屬國，其地屬甘州（今內蒙古額濟納旗），在唐代為河西節度轄區北界。漢末已改居延為縣，在今甘肅張掖縣北。

❸　漢塞：漢代的關塞。秦漢以來，在邊境設關自衛，稱「漢塞」，此指唐關塞。

❹　蕭關：在今寧夏固原縣境。

❺ 都護：唐代都護府長官，此指河西節度使。

❻ 燕然：即燕然山（今蒙古國境內的杭愛山）。東漢車騎將軍竇憲曾大破匈奴於此，並登山刻石記功而還。

【賞析】

這首詩記述詩人出使塞上的一次經歷。時在開元二十五年（737年），於監察御史任上，詩人奉命出使河西節度幕府（鎮涼州，今甘肅武威）。

詩篇首聯直敍其事，明確點題。說明此番出使將到達屬國居延，即河西節度轄區北界。路途遙遠，而詩人則滿懷豪興，樂於承擔此任。這是整個事件的開端。

中間兩聯，一說途中經過，用了兩個比喻，即「征蓬」和「歸雁」，便將從「漢塞」到「胡天」的千萬里路程，全部包括其中；一說塞上風光，生動白描，僅十個字，也逼真地顯示出邊疆沙漠的奇異景色。二聯均有高度概括力，並有突出特徵，頗能反映詩人身離中原、踏上異域時的真切感受。例如兩個比喻，謂自己像蓬草一樣，隨風飄離「漢塞」，又像是鴻雁一般，展翅飛入「胡天」，信手拈來，既符合「本地風光」，又與上文的「單車」相應合。兩個比喻暗示此番出使行進得很順利，但又頗有些遊子漂泊在外的悲涼感觸。這一情景，甚是切合詩人出使當時的環境與心境。而「大漠孤煙直」和「長河落日圓」一對句，謂煙如何「直」，日如何「圓」，雖好像俗得無理，卻是大漠的真實情況，因而成為「千古壯觀」的名句。二聯所寫，展示了整個事件進行中的具體情形。

尾聯說到達時的情形，謂蕭關的偵察兵告訴他，都護府的最高統帥

（「都護」）已在燕然前線，以燕然刻石記功，暗示邊事的勝利。這是整個事件的結局。

　　詩篇敘事，有始有終，整個出使故事有首有尾，交代得清清楚楚，並在事件進行的過程中，展示途中風光、透露內在心境，頗帶積極向上的氣息。這大概就是盛唐之音的體現。

相思

王
維

【題解】

這是一首詠物詩，借詠紅豆以寄託相思之情。

【譯注】

紅豆❶生南國，　　　　紅豆她生長在嶺南地區，
春來發幾枝。　　　　　到春來萌發出些少新枝。
願君多採擷❷，　　　　希望你多維護殷勤採摘，
此物最相思。　　　　　這是最有情意的相思子。

❶ 紅豆：產於嶺南一帶，草本而木質，果實形如豌豆而微扁，色殷紅，晶瑩圓潤。相傳古時有人死於邊地，其妻哭於樹下而卒，化為紅豆，故又名「相思子」。

❷ 採擷：摘取。

【賞析】

　　紅豆之所以和相思連結在一起，其中有兩條依據：一是因為紅豆又名相思子，有典籍記載為證，謂「豆有圓而紅，其首烏者，舉世呼為相思子」（李匡乂《資暇集》）；二是因為紅豆為一多情女子化成，有民間傳說為證，謂此女子思念死在邊地的丈夫，哭於樹下而卒，化為紅豆。這就是寫作一般詠物詩所必須具備的「物理」。

　　詩篇首二句先說「物形」，介紹紅豆的產地和生長情況。謂紅豆生長在南國，春天到來，萌發出許多枝條。這僅僅屬於紅豆的外部特徵。所說仍然是一般的自然物景，與社會人事無關，但卻為引出社會人事作好準備。

　　次二句說「物理」，依據紅豆等於相思子的物理特徵，即紅豆與相思的聯繫，以表示自己的願望。像是以為：紅豆是相思的象徵，願多加維護（珍惜）、多加摘取。

　　全詩所談僅「相思」二字，語極簡單、平常，但卻富於形象，有着深厚情意。

鹿柴 ❶

王維

【題解】

　　王維晚年隱居輞川（今陝西藍田南），有五絕組詩《輞川集》二十首。詩篇「以淳古淡泊之音，寫山林閒適之趣」（王鏊《震澤長語》），繪景傳情，超妙自然，為王氏山水詩的代表作品。這首詩是其中第五首。

【譯注】

空山不見人，	空山裏看不到人的蹤影，
但聞人語響。	只聽見説話聲在山間迴響。

返景 ❷ 入深林，　　　　　　　一抹斜暉射進密林深處，

復照青苔 ❸ 上。　　　　　　　再返照到樹底的青苔上面。

　❶　鹿柴：輞川地名。柴，音「寨」。王維別業在輞川山谷，有鹿柴和木蘭柴。

　❷　返景：日影（景）返照。

　❸　青苔：青色的苔，生於濕地。

【賞析】

　　這首詩描寫黃昏中的深山景象，善於以動寫靜，以有寫無，極其細微地表現景色的變化以及詩人的內心世界，體現出一種空寂幽冷的靜謐之美。

　　首二句寫山的靜以及空，即「空山不見人」，既「不見人」，卻聞得「人語響」。一方面以偶爾傳來的說話聲（實際上是空谷之音），以顯示山中的靜；一方面又以人語的存在（有）以反襯山的空（無）。二句所寫，當是山中實景，也可以看作是詩人的心中境。

　　次二句在靜與空的基礎上，進一步展示景色的變化。因為山林深處，難得見到陽光，林間青苔，一片幽暗清冷，這是不變的景象。但詩人偏寫其變，謂黃昏時候，日影返照射入深林，映照在青苔上，似乎給整座深林帶來了一絲暖意。這是不變中的變，而這種變，實際上卻使得整座深林顯得更加幽暗清冷。二句所寫，同樣當是山中實景，又同樣可能是詩人的心中境。

　　從全詩所創造的景象看，可見王維之所謂「詩中有畫，畫中有詩」，應當是「畫中有『思』」，即其所創造的景象，應當是其心中所嚮往的景象。

竹里館

王維

【題解】

　　王維對於自然山水，對於客觀景物有着深入細緻的觀察與體驗，而且善於將自己的心得採入畫幅，寫入詩章，所以蘇軾稱讚他「詩中有畫，畫中有詩」。這首詩是《輞川集》的第十七首，詩篇體現了王氏的高超詩藝。

【譯注】

獨坐幽篁 ❶ 裏，	獨自坐在幽靜的竹林裏，
彈琴復長嘯 ❷。	快樂地彈琴，或者仰首長嘯。

深林人不知，

明月來相照。

竹林深處，沒有人相訪，

只有天上明月來把我照。

❶　篁：音「皇」。指竹林。

❷　嘯：蹙口成聲稱嘯。

【賞析】

　　這首小詩僅四句二十個字，篇幅極為短窄，其中卻寫了景物和人物。景物由三個詞組構成：幽篁、深林、明月。人物也由三個詞組構成：獨坐、彈琴、長嘯。景物由各自前邊的修飾語——「幽」、「深」、「明」，來顯示其奇特之處；人物則由三個詞組的變換（交替進行）以展開其行動。因此，四句話雖平白無奇，但卻共同構成一幅清幽絕俗的田園生活畫圖。

　　在構圖中，作者一方面善於以動寫靜，例如以彈琴、長嘯的聲響烘托幽靜之境；另一方面善於在幽靜的環境中，體現與境中物景相諧合的情，將人和自然融合為一。這就是所謂「詩中有畫，畫中有詩」的具體體現。

鳥鳴澗

王
維

【題解】

　　這首詩見《王右丞集》，是王維所作〈皇甫岳雲谿雜題〉五首中的第
一首。雲谿是王維友人皇甫岳的別墅，在長安附近。其間有水有田，風景
十分幽美。此五詩每首各寫一處風景，有如風景寫生。其餘四首分別是：
〈蓮花塢〉、〈鸕鷀堰〉、〈上平田〉和〈萍池〉。皇甫岳為王維友人，雲谿
別墅主人，生平不詳。

　　這首詩未標明寫作年月，但從詩中所表現的旨趣看，當是王維後期作
品。

【譯注】

人閒桂花 ❶ 落，
夜靜春山空。
月出驚山鳥，
時 ❷ 鳴春澗中。

此身清閒且待桂花飄落，
深山春夜格外空曠靜寂。
月兒升起驚動山中宿鳥，
鳥兒鳴叫迴蕩春夜山谷。

❶ 桂花：桂花有春花、秋花、四季花等不同種類，此處所寫為春日開花的一種。
另解，桂花為月的代稱，謂月華照射着大地。

❷ 時：偶然間，繼續地。

【賞析】

　　這首詩所寫為雲谿別墅五景中之一景，其重點並不在寫別墅本身，而是別墅所在山澗因鳥鳴聲所出現的詩的意境和氣象。

　　所謂詩的意境和氣象，是由兩個部分的物景體現出來的。一為因「桂花落」而襯托出的整座春山幽寂而空曠的意境和氣象，另一為由月出驚動山鳥，由鳥鳴聲而映照出的整個山澗寂靜而幽美的意境和氣象。前者着重於詩人的內心體驗，謂：因為「人閒」，心上無事，浩然太虛，而且周圍沒有人事煩擾，所以能覺得桂花從枝頭飄落。此所謂「落」，或憑花落衣襟所產生的觸覺，或憑聲響，或憑花瓣墜落時所放射的一絲絲芬芳，這一些都是十分細微的，而詩人卻無一錯過，全都體驗到了。這裏所寫當是眼前的實景。這是生活中的平常物景，但只有心閒的人才覺察得到。詩人將這一從內心體驗出來的小小的景象，擴展到整座春山，使人覺得除了因為人閒、心閒之外，還因為山空夜靜，才能夠有此體驗。這是前者所創造的

意境和氣象。後者由靜轉動，寫山月、山鳥的動態，則着重於外在物景的展現，這是內心體驗的進一步拓展。即：因「桂花落」的體驗，隨着時間的推移，由靜而動，詩人進一步體驗了由山月、山鳥的動態所造成的意境和氣象。這一意境和氣象，是在「動」的過程中展現出來的。首先是「月出」，這是一個大的動靜。在萬籟無聲的春山裏，一切都沉浸在寧靜的氣氛中，而當月兒突然出現，自然給春山帶來不小的驚動或驚喜。這是「動」的起因。其次是鳥鳴，因為皓月升空，銀輝照遍整座山林，整個谿谷，甚至照射到已經入睡的山鳥身上，使其突然驚醒，發出鳴叫聲。這是「動」中之「動」，也是「動」的結果。後者所寫，不僅由動襯托靜，進一步突現雲谿別墅所在環境的寂靜幽美，而且也點明了題旨──「鳥鳴澗」。

詩篇通過「鳥鳴澗」所出現的詩的意境和氣象，不僅表現了春山的美，而且也表現了作者自身的一種生活情趣，給人的感覺是十分美好的。

九月九日憶山東 ❶ 兄弟

王維

【題解】

這是王維十七歲旅居京華所寫的一首詩。

【譯注】

獨在異鄉為異客，　　獨自在他鄉作為他鄉客，
每逢佳節倍思親。　　每當遇佳節加倍想親人。
遙知兄弟登高 ❷ 處，　我想那遠方兄弟重陽登高時，
遍插茱萸 ❸ 少一人。　佩戴茱萸定發現少了我一人。

❶ 山東：王維祖籍太原，父處廉時遷居蒲州，因在華山之東，故稱「山東」。

❷ 登高：重陽節（農曆九月初九）有登高風俗。相傳東漢時桓景曾於此日登高以
    避災。

❸ 茱萸：一名「越椒」，一種有香氣的植物。登高時佩戴茱萸囊，據說可以避災。

【賞析】

　　這首詩題為〈九月九日憶山東兄弟〉，屬於投贈詩，在一般應酬範圍
之內。題材很普通，但其表現方法很不平常，既能體現詩人的出眾才華，
又能體現真切的思親情感，頗耐尋味。

　　首二句說我方情景，謂「獨在異鄉為異客，每逢佳節倍思親」，既
「獨」且「異」，又是「異」上加「異」，將自己作為他鄉客的孤獨處境強
調得十分突出；而「每逢」和「倍」，又使這一思親感情表現得十分深長，
既不斷產生，又加倍濃重。二句所寫，一為因，一為果，明明白白，表露
無餘。這說的是一般節日，也是一般人情，帶有極大的普遍性。

　　次二句說對方情景，謂「遙知兄弟登高處，遍插茱萸少一人」，專說
對方情事，而將我方情事暫擱一邊。「遙知」是猜想，所說皆為虛擬之詞，
但又是必然情事。這一天──九月九日，重陽佳節，山東兄弟登高之時，
必定因為少了我一個人而覺得遺憾。詩題明寫「憶山東兄弟」，即我憶兄
弟，詩篇卻不寫我憶兄弟，而偏寫山東兄弟憶我。這說的是一般節日中的
個別節日──九月九日重陽佳節，是一般人情中的個別人情，帶有一定的
特殊性。

　　詩篇首二句專說我方，次二句轉說對方。這是從對面設想的表現方
法，即由我方設想對方思念我方。從表面上看，次二句似專說對方，實際

上，詩篇寫對方，正是為了更加突出我方，加深我方對於對方的思念之情，亦即加重詩題中的一個「憶」字。

因為有此特別的表現方法，這首詩語句雖極平淡，其意味卻極深刻。

送元二使安西

王維

【題解】

這首詩在唐時曾譜入樂府，為送別之曲，至「陽關」句反覆歌之，謂為「陽關三疊」或「渭城曲」。

這是送一位姓元的友人前往安西所寫的歌。安西是唐中央政府為轄西域地區所設安西都護府的簡稱，治所在龜茲（今新疆庫車）。唐時，由長安往安西，多在渭城送別。

【譯注】

渭城❶朝雨浥輕塵❷，	早晨，渭城細雨濕潤了路上輕輕揚起的沙塵，
客舍❸青青柳色新。	客舍以及周圍青翠的柳色，顯得格外清新。
勸君更盡一杯酒，	請你盡情地再乾一杯吧，
西出陽關❹無故人。	從陽關西去，再也見不到親舊友朋。

❶ 渭城：即秦都咸陽故城（今陝西咸陽東）。在長安西北，渭水北岸。因臨近渭水，故又名「渭城」。

❷ 浥輕塵：浥，濡濕。謂朝雨霑濡路上的塵土。

❸ 客舍：指驛館。

❹ 陽關：故地在今甘肅敦煌西南，為唐時通往西域的重要關隘。因在玉門關之南，故稱「陽關」。

【賞析】

　　這首詩寫送別，亦在一般應酬範圍之內。但因地理位置特殊，詩篇所表現的思想情感也就不同一般。

　　詩篇所寫送別地點在渭城，今陝西咸陽東，在都門西三十里，唐人送客，都送至此。此地有渭城館。詩人所送友人——元二，將從這裏出發，經過陽關，而前往安西。從地理位置上看，所謂「陽關在中國外，安西更在陽關外」（沈德潛《唐詩別裁集》），可見友人將到達的是一個十分遙遠

的地方。詩篇首二句先說此地的情景，雨浥輕塵，客舍柳新，這是佈景，也是眼前實況。次二句接着說勸酒，既言其事，又設想其景，這是友人即將前去的彼地的情景。勸酒時謂「更盡一杯」，表示希望再留戀片刻，而不捨得就此告別，儘管已盡多杯；而「西出陽關無故人」，既為「更盡一杯」的原因，又表示彼地——陽關之外的安西，已無有此地之青青柳色。所以，次二句雖未直接為彼地佈景，而其景象已可想而知。彼地與此地相對照，就更加顯得彼地之艱難情狀——既無青青柳色，又無故人，自然景象和社會人事都與此地不同。

詩篇從地理位置的變化，表現自然景象和社會人事的變化，使得依依惜別的情思顯得更加纏綿、更加真切。這就是這首詩成為千古絕調的原因。

黃鶴樓 ❶

崔
顥

【題解】

　　崔顥（704〔？〕至754年），汴州（今河南開封）人。唐玄宗開元
十年（722年）進士及第。開元後期曾出使河東（山東）軍幕。天寶中，
歷任太僕寺丞、司勳員外郎等職。以詩才著稱於世。嗜酒好賭，為時論所
不滿。「少年為詩，屬意浮艷，多陷輕薄。晚節忽變常體，風骨凜然。一
窺塞垣，說盡戎旅。」（殷璠《河嶽英靈集》）

　　這是一篇名作。相傳李白登黃鶴樓，見崔顥此作，曾為之斂手，說：
「眼前有景道不得，崔顥題詩在上頭。」（辛文房《唐才子傳》）後人以為
「唐人七言律詩，當以崔顥〈黃鶴樓〉為第一」（嚴羽《滄浪詩話》）。

【譯注】

昔人 ❷ 已乘黃鶴去，	前人已經騎着黃鶴歸去，
此地空餘黃鶴樓。	這裏只是留下樓台一座。
黃鶴一去不復返，	前人與黃鶴一去不復返，
白雲千載空悠悠 ❸。	千年來白雲仍自在飄浮。
晴川歷歷 ❹ 漢陽 ❺ 樹，	隔江川原綠樹看得分明，
芳草萋萋 ❻ 鸚鵡洲 ❼。	茂密芳草掩蓋了鸚鵡洲。
日暮鄉關 ❽ 何處是，	日色將晚不知家在何方，
煙波江上使人愁。	江上迷茫煙波令人生愁。

❶ 黃鶴樓：舊地在今湖北武昌蛇山黃鵠磯上，下臨長江。據傳：「昔費文褘登仙，
　　每乘黃鶴於此樓憩焉。」（《寰宇記》）又傳：「黃鶴山者，仙人子安乘鶴過此。」
　　（《齊諧誌》）

❷ 昔人：指傳說中的仙人，見上注。

❸ 悠悠：浮蕩的樣子。

❹ 歷歷：分明的樣子。

❺ 漢陽：今湖北漢陽，在武昌西北，與黃鶴樓隔江相望。

❻ 萋萋：茂密的樣子。

❼ 鸚鵡洲：在武昌北長江中。漢高祖為江夏太守，大會賓客，有獻鸚鵡於此洲，
　　故名。

❽ 鄉關：鄉城，指故鄉。

【賞析】

　　江山形勝，亭台樓閣，每因文人雅士登覽題寫而著名，而所題之作品也因江山之長存而流傳千古。但是，歷代以來，同類作品千千萬萬，能夠稱之為不朽的，仍不甚多見。這類作品可稱作登覽詩，或旅遊詩。其內容大致包括自然景觀和人文景觀兩個方面，並在這基礎上，將自己的感受融入其中。既要切合「本地風光」，又能夠體現個性，當是寫作登覽詩的基本要求。

　　崔顥這首詩是詠寫黃鶴樓的最佳之選。

　　這首詩就傳說中的乘鶴登仙故事生發開去，前解四句謂：黃鶴樓因為昔人乘鶴登仙憩於此樓而得名，但人去樓空，只有千載白雲可為見證。四句所寫屬於人文景觀。後解四句就登覽所得加以佈景，將「漢陽樹」與「鸚鵡洲」並列展出，以顯現其「本地風光」，屬於自然景觀，而江上之煙波，既是大自然的一種景觀，又是觸動鄉愁的媒介。四句所寫，景中有情，詩人的性情已在其中。而綜觀全詩，則所謂人文景觀和自然景觀，處處都與詩人相關。例如，前解所寫，所謂乘鶴登仙，雖為傳說之辭，未必可信，但樓台依舊，人事已非，卻不能不讓人產生滄桑之感，這是因時間推移所產生的感慨。後解所寫，由時間的推移，轉向空間的變換。即從腳下樓台，將視野拓展到大江對岸。歷歷江樹，曠茫平野，浩蕩江波，雖皆為眼前實景，信手拈來，毫不在意，但這一切都從遊子眼中看出，也就難免染上了遊子思歸的感情色彩。全詩所寫，句句如脫口而出，不大經心，實際則含蘊深厚，極耐尋味。這是一首具有個性，並有恢宏氣象的登覽詩。因此，此詩一出，才令某些大手筆生出「眼前有景道不得」的讚嘆。

燕歌行（並序）

高適

【題解】

　　高適（生於700〔？〕或702〔？〕年，卒於765年），字達夫，渤海蓨縣（今河北景縣南）人。早年隨父旅居嶺南，二十歲左右至五十歲前，客宋中（今河南商丘），以耕釣為生。唐玄宗天寶八載（749年）舉有道科，授封丘（今屬河南）尉，年五十左右。後入河西節度使哥舒翰幕府，充掌書記。安史亂起，拜左拾遺，轉監察御史，協助哥舒翰守潼關，失守後隨玄宗入蜀。唐肅宗初，以淮南節度使率師參加討伐永王李璘。因宦官讒毀，出為彭（今四川彭縣）、蜀（今四川崇慶）二州刺史。唐代宗即位，遷劍南節度使。廣德二年（764年）召為刑部侍郎，轉散騎常侍。翌年病逝。其詩雄厚渾樸，筆勢豪健，與岑參齊名，世稱「高岑」，為盛唐邊塞詩派的代表作家。

據詩篇序文稱：開元二十六年（738年），一位朋友跟隨御史大夫張公（張守珪）出塞歸還，寫了一首〈燕歌行〉送給高適看，高適有感於「征戍之事」，才寫這首詩應和。〈燕歌行〉為樂府古題，但詩篇所寫卻與開元間邊塞戰爭相關。

【譯注】

開元二十六年，客有從御史大夫張公出塞而還者，作〈燕歌行〉以示適，感征戍之事，因而和焉。

開元二十六年間，一位朋友跟隨御史大夫張公出塞歸還，寫了一首〈燕歌行〉給我看，我因有感於「征戍之事」就寫這首詩應和。

漢家 ❶ 煙塵在東北，
漢將辭家破殘賊。
男兒本自重橫行，
天子非常賜顏色。
摐金伐鼓 ❷ 下榆關 ❸，
旌旗逶迤碣石 ❹ 間。
校尉 ❺ 羽書 ❻ 飛瀚海 ❼，
單于 ❽ 獵火 ❾ 照狼山 ❿。
山川蕭條極邊土，
胡騎憑陵雜風雨。
戰士軍前半死生，
美人帳下猶歌舞。

漢朝時候東北方向常有戰爭，
漢家將帥為破殘敵離家出征。
大丈夫在世本應當馳騁沙場，
更何況天子恩寵專門為送行。
擊鉦敲鼓浩浩蕩蕩出山海關，
戰旗飄揚連續不斷過碣石山。
前方統帥緊急軍書飛越瀚海，
單于圍獵在狼居胥火光衝天。
邊境線上荒涼蕭條山川失色，
敵寇鐵騎挾風帶雨來勢猖獗。
陣前士卒奮勇拚搏喪亡過半，
將軍帳下美女如雲歌舞未歇。

大漠窮秋塞草衰，	時值深秋沙漠塞外遍地衰草，
孤城落日鬥兵稀。	西沉夕陽孤危邊城兵員稀少。
身當恩遇恒輕敵，	身受君恩一貫輕敵奮勇廝殺，
力盡關山未解圍。	力竭精疲還不能將敵軍趕跑。
鐵衣遠戍辛勤久，	戎衣鎧甲鎮守邊疆長年辛苦，
玉筯 ⓫ 應啼別離後。	妻子兒女相思別離淚如串珠。
少婦城南欲斷腸，	城南少婦獨守空房柔腸寸結，
征人薊北空回首。	薊北征夫遙望家山欲歸無路。
邊庭飄颻那可度，	邊庭動蕩邊疆混亂難以度越，
絕域蒼茫更何有。	邊地蒼茫邊風淒緊無有人跡。
殺氣三時作陣雲，	一年四季從春到秋殺氣騰騰，
寒聲一夜傳刁斗 ⓬。	一夜當中巡更刁斗無有休止。
相看白刃血紛紛，	看看眼前你我白刃血光閃閃，
死節從來豈顧勳。	許國以身從來不顧封侯之賞。
君不見沙場征戰苦，	你沒看到沙場征戰何等艱苦，
至今猶憶李將軍 ⓭。	難怪今天人人懷念將軍李廣。

❶ 漢家：漢朝。這裏借指唐。下句「漢將」同。

❷ 摐金伐鼓：摐，撞擊；金，鉦之類銅樂器；伐，敲打。行軍時，鉦以靜之，鼓
以動之，二者配合，用以調整步伐。

❸ 榆關：山海關。

❹ 碣石：山名，在今河北昌黎縣北。

❺ 校尉：武官名，位次於將軍。此指部隊統帥。

❻ 羽書：緊急文書。

❼ 瀚海：指蒙古大沙漠。

❽ 單于：匈奴部族首領稱號，此指突厥首領，唐時突厥屬單于都護府。

⑨ 獵火：打獵時燃起的火光。古代遊牧民族出征前多舉行校獵，作為演習。

⑩ 狼山：即狼居胥山，在今內蒙古克什克騰旗西北一帶。

⑪ 玉筯：指淚。

⑫ 刁斗：軍用銅器，容積一斗。白天用來煮飯，夜間敲以巡更。

⑬ 李將軍：漢代名將李廣。武帝時為右北平太守，驍勇善戰，身先士卒，匈奴畏之，稱為「飛將軍」，避不敢犯。此處借漢喻唐，暗諷當時缺乏保衛邊疆的良將。

【賞析】

　　這首詩以樂府古題寫現實生活中的「征戍之事」，是唐代邊塞詩的代表作。詩篇的序文介紹寫作這首詩的緣由，點明這首詩的材料來源。

　　據載：受拜為輔國大將軍兼御史大夫的唐將張守珪，與契丹作戰有功，曾得到皇上厚賜，並曾立碑以紀功勞。其後，因部將敗於契丹，張氏即隱瞞軍情，不惜行賄以掩蓋真相。開元二十六年（738 年），詩人之友出塞歸還，所作〈燕歌行〉當與此事有關。詩人和作，其所感之事，亦當指此。這就是詩人所以感發的現實依據。但詩人說此事，並非就事論事，而是利用自身經驗（軍旅生活經驗），對其事即「征戍之事」再創造，然後在事件推進的過程中，流露愛憎感情，表現諷喻之意。

　　就材料分配看，全詩凡七用韻，四句一韻，平聲韻與仄聲韻交替使用，七個不同韻腳組成七個自然段落，展現事件（「征戍之事」）進行中的七個不同過程：

　　一、出征前夕。「天子非常賜顏色」，說明上級對於此番征戰的重視。明說「漢家」，實則指唐。

二、行軍途中。一方面浩浩蕩蕩開出，一方面**轟轟**烈烈以迎，暗示這必將是一場勢均力敵的征戰。雖說「殘賊」，實則不好對付。

三、沙場拚搏。既從胡騎之猖獗來勢，表明力戰之艱苦，又以「軍前」與「帳下」的對比，揭露軍中的腐敗現象。苦與樂的對比，隱含着深沉的感慨。

四、孤城困守。鬥兵漸稀，精力已竭，但仍未解圍。這是對於廣大士卒艱苦力戰的讚頌與同情。

五、兩地相思。說明這場征戰給整個社會所造成的災難。「欲斷腸」及「空回首」，突出其相思的具體情狀，頗能動人心魄。

六、絕域情勢。為這場征戰營造出一種殺氣騰騰的氣氛，使詩篇更具感人力量。

七、再鬥頑敵。說明征戰並未結束，而「至今猶憶李將軍」一句，篇末點題，指出戰事不利，主要因為缺乏良將。

全詩所寫，頗有針對性，這就是古樂府所謂「感於哀樂，緣事而發」的寫實精神的體現。

將進酒

李白

【題解】

　　李白（701 至 762 年），字太白，號青蓮居士，人稱「謫仙人」，綿州昌隆（今四川江油）人。五歲時隨父李客從西域歸蜀。少年時代，家庭富有，曾受較好教育。喜愛文學，並習騎射劍術，與俠客道士為伍，養成狂放不羈的個性。二十歲以後，漫遊蜀中名山。二十六歲「仗劍去國，辭親遠遊」。自故鄉岷山，經峨嵋、清溪、渝州，出三峽，在大江南北漫遊十五六年。淡薄名利，有濟世救民的遠大懷抱。開元十八年（730 年），三十歲時，曾赴長安謀仕，不遇而歸。天寶初，應唐玄宗詔赴京，供奉翰林。三年後棄官，二次漫遊。到洛陽，結識杜甫，同遊齊魯。安史亂起，永王璘起兵勤王，收李白為幕客。其後，永王因不聽命令，被指謀反，李白受株連，流放夜郎（今貴州桐梓）。遇大赦，途中獲釋。唐代宗寶應元

年（762 年）秋，病死於其族叔當塗令李冰陽家，年六十二。

〈將進酒〉為樂府古題，漢代短簫鐃歌十八曲之一。因漢代樂府歌辭原文第一句有「將進酒」三個字，後世文人擬作，都用以吟詠飲酒之事。李白所作，也以飲酒為題材。這首詩大約作於天寶十一載（752 年），李白因得罪權貴，去供奉翰林職、「賜金放還」之後。

【譯注】

君不見黃河之水天上來，	你沒見過黃河水從天上傾瀉而下，
奔流到海不復回。	奔流到海一去不復返麼？
君不見高堂明鏡悲白髮，	你沒見過有人對着華堂明鏡悲嘆白髮，
朝如青絲暮成雪。	早晨青絲縷縷到黃昏變成霜雪一般麼？
人生得意須盡歡，	人生在世稱心如意就應當縱情歡樂，
莫使金樽空對月。	千萬別讓美酒金樽空對着清風朗月。
天生我材必有用，	上天賜予我的才能必定不會受埋沒，
千金散盡還復來。	千兩黃金揮灑而去還能夠重新得來。
烹羊宰牛且為樂，	今番相聚烹羊宰牛我與你盡情享受，
會須一飲三百杯。	舉起金樽開懷暢飲來他個三百大杯。
岑夫子❶，丹丘生❷，	岑夫子，丹丘生，
將進酒，杯莫停。	乾杯乾杯再進酒請不要停。
與君歌一曲，	我為二位唱一支勸酒歌，
請君為我側耳聽。	敬請二位靜下心來仔細地聽。
鐘鼎玉帛❸豈足貴，	鐘鳴鼎食玉帛金飾這一切都不要緊，
但願長醉不復醒。	要緊的是醉倒夢鄉永遠也不再清醒。

古來聖賢皆寂寞，　　　　　自古以來所謂聖賢都已經默默無聞，

惟有飲者留其名。　　　　　只有飲酒的人還在世上留下個聲名。

陳王❹昔時宴平樂❺，　　　曹植當年打獵歸來平樂觀宴請臣僚，

斗酒十千❻恣歡謔。　　　　宴上美酒十千一斗主與客恣意笑鬧。

主人何為言少錢，　　　　　而今主人為何便說沒有這許多銀兩，

徑須沽取對君酌。　　　　　還是快點買酒回來好和你舉杯共飲。

五花馬❼，千金裘，　　　　五花駿馬，千金狐裘，

呼兒將出換美酒，　　　　　叫兒子即刻拿出去換取美酒，

與爾同銷萬古愁。　　　　　我要和你一起銷解胸中這萬古愁憂。

❶　岑夫子：指岑勳，南陽人。顏真卿所書〈西京千佛寺多寶塔感應碑〉作者。李
　　白朋友。「夫子」為尊稱。

❷　丹丘生：即元丹丘，隱者。李白朋友。

❸　鐘鼎玉帛：「鐘鼎」是鐘鳴鼎食的簡用，「玉帛」是富貴人的服飾。四字另作「鐘
　　鼓饌玉」，同用以代指富貴人家的奢侈享受。

❹　陳王：指曹操第三子曹植，因其曾被封為陳思王，故稱「陳王」。

❺　平樂：即平樂觀，舊地在今河南洛陽附近。

❻　斗酒十千：曹植〈名都篇〉有句云：「歸來宴平樂，美酒斗十千。」謂一斗酒
　　費十千銅錢，極言其價值昂貴。

❼　五花馬：指名貴的馬。一說毛色作五花紋，一說馬鬃剪修為五辮。和下文「千
　　金裘」一樣，都是很值錢的東西。

【賞析】

　　這是一首樂府詩，題目是原來的，叫〈將進酒〉，「將」即為請，實

際上是一首「勸酒歌」。這首詩篇幅不算長，卻五音諧合繁會，氣象不凡，頗能體現詩人的個性。

開篇四句為兩組排比句，以兩個「君不見」領起，分別帶出兩個七言句，由廣闊的空間作背景，從自然物景說到社會人生，似已包括宇宙間一切，無比恢宏高遠，但又蘊藏着一種人人所共有的悲傷與感慨。謂時光流逝，自然界與人生都在不斷變化當中，「朝如青絲暮成雪」，這是不可抗拒的規律。四句包蘊無窮、氣勢豪邁，充分體現了詩人的宇宙觀和人生觀。可見，詩人說飲酒，題目雖極其渺小，其落筆處卻極大、極高，無法限量。而緊接着的二句：「人生得意須盡歡，莫使金樽空對月。」這是詩人的人生態度，從一般人生現象落實到「酒」上來。謂人生易老，青春不再返回，在得意之時，應當盡量飲酒作樂，不要使酒杯空對着明月。這是詩篇的第一段，從題目正面落題，鮮明地打出自己的旗號來。

以上六句兩韻，合一段。

以下凡四換韻，可分為兩段。「天生我材必有用」四句一韻，為一段，即第二段。謂天既生我這個人材，一定會有用處。千金散盡，還能再來。應當放懷痛飲，一口氣飲他個三百杯。何等酒量，何等胸襟，表面上極其豪放，實際上卻充滿牢騷與憤慨。因此時，詩人正被「賜金放還」，滿懷濟世之才，而不為所用。因此，接下去的三韻為一段，即第三段就將其牢騷與憤慨痛快地發泄出來。

岑夫子、丹丘生，這是詩人兩位好友。詩人首先向此二人發泄。在勸酒過程中，「與君歌一曲，請君為我側耳聽」。詩人以一曲八句的勸酒歌唱給二人聽。「鐘鼎玉帛豈足貴」四句一韻，謂一切奢侈享受都不足貴，只有飲酒最可寶貴。「陳王昔時宴平樂」四句又一韻，呼應「千金散盡還復來」，嘲弄自己（「主人」）不當「言少錢」。此八句為詩中之歌，既有勸酒之意，又表現對於世俗社會的看法，包括對於「聖賢」及「飲者」的看

法，其中流露了對於某種社會現象的厭惡情緒，這當也包括所謂牢騷與憤慨。因此，發泄完畢，即以最後三句作結。謂錢少不要緊，還有五花馬和千金裘，可立刻叫兒子拿出去換酒，以便和兩位友人喝個痛快，將萬古愁緒一起銷解。這是豪語，也是實情。

全詩三段，緊緊圍繞個「酒」字，但又處處流露出與「酒」相關的性情來。例如上文所說人生觀、人生態度以及對於社會現實的牢騷與憤慨，都頗能體現詩人的個性；再說一些巨額數字，如「千金」、「三百杯」、「斗酒十千」、「千金裘」、「萬古愁」，也都頗能體現詩人的胸襟與氣魄。所以，這既是一首勸酒歌，又是一首抒寫情性的言志詩，充滿着熱烈的感情力量和藝術魅力。這就是這首詩傳誦千古的原因。

夢遊天姥①吟留別

李白

【題解】

　　這是一首記夢詩，也是一首遊仙詩，為李白的代表作之一。詩題又作〈別東魯諸公〉。作於退出翰林之後。

　　唐玄宗天寶元年（742 年），李白入京任翰林待詔。天寶三載，李白遭到朝中權貴排斥，被放出都。離開長安，李白曾與杜甫、高適漫遊梁、宋、齊、魯等地。這是天寶四載十月，李白由東魯南遊越中時所作。

【譯注】

海客談瀛洲，　　　　　　　　海上來客談論蓬萊仙島，

煙濤微茫信難求。	煙波浩渺實在難以尋找。
越人語天姥，	越中來人介紹名山天姥，
雲霞明滅或可睹。	雲霞閃爍也許就能見到。
天姥連天向天橫，	天姥山連着天橫空屹立，
勢拔五嶽掩赤城。	掩蓋赤城超過三山五嶽。
天台❷一萬八千丈，	天台山山高一萬八千丈，
對此欲倒東南傾。	對着它也要趕快把腰折。
我欲因之夢吳越，	我想就他所說夢遊天姥，
一夜飛度鏡湖月。	一夜之間飛過月下鏡湖。
湖月照我影，	鏡湖明月伴隨着我身影，
送我至剡溪❸。	送我到達剡溪謝公住處。
謝公❹宿處今尚在，	謝公住處至今依然存在，
淥水蕩漾清猿啼。	水聲加上猿聲清絕悲哀。
腳着謝公屐❺，	我穿上了謝公特製木屐，
身登青雲梯❻。	一級一級仿佛登青雲梯。
半壁見海日，	到了半山望見海上日出，
空中聞天雞。	升上空中聽到天雞啼叫。
千巖萬轉路不定，	層巒萬千路向難以確定，
迷花倚石忽已暝。	倚石看花不覺天已黃昏。
熊咆龍吟殷巖泉，	熊咆龍吟充塞山巖谷泉，
慄深林兮驚層巔。	深林顫慄峰巒都為震驚。
雲青青兮欲雨，	黑雲密佈像要下雨一般，
水澹澹兮生煙。	水波蕩漾掠起縷縷雲煙。
列缺❼霹靂，	霎時間雷聲滾動電光照，
丘巒崩摧。	猛見到峰巒崩裂地天搖。

洞天 ❽ 石扇，	仙人洞府，石門兩扇，
訇 ❾ 然中開。	轟的一聲，忽然打開。
青冥浩蕩不見底，	浩浩漫漫簡直見不到底，
日月照耀金銀台。	日月光輝照耀金銀樓台。
霓為衣兮風為馬，	雲霓作衣裳狂風作快馬，
雲之君 ❿ 兮紛紛而來下。	雲中仙人紛紛從天而下。
虎鼓瑟兮鸞迴車，	白虎彈奏琴瑟青鸞駕車，
仙之人兮列如麻。	密密麻麻列成一排一排。
忽魂悸以魄動，	忽然間嚇得我魂飛魄散，
恍驚起而長嗟。	恍惚中坐起身大聲讚嘆。
惟覺時之枕席，	醒來時只剩下身旁枕席，
失向來之煙霞。	已不見先前的霞霧雲煙。
世間行樂亦如此，	世間尋歡作樂原都如此，
古來萬事東流水。	萬事變遷就像東流逝水。
別君去兮何時還，	告別諸君不知何時回返，
且放白鹿青崖間，	暫把白鹿牧放在山崖間，
須行即騎訪名山。	要走就騎着牠遊訪名山。
安能摧眉折腰 ⓫ 事權貴，	怎能低頭彎腰侍奉權貴，
使我不得開心顏。	令我悶悶不樂愁眉不展。

❶ 天姥：天姥山，在唐越州（會稽郡）剡縣，今浙江嵊州和新昌一帶。

❷ 天台：天台山，在今浙江天台。

❸ 剡溪：在天姥山下，附近多名勝。自東晉以來，高僧名士多隱居於此。

❹ 謝公：謝靈運，南朝劉宋詩人。

❺ 謝公屐：謝靈運遊山時，常穿着一種特製的木屐，上山則去其前齒，下山則去
其後齒，稱「謝公屐」。

⑥ 青雲梯：青雲的梯子，用稱登山石級。

⑦ 列缺：天隙電光。

⑧ 洞天：神仙所居名山勝境。

⑨ 訇：音「烘」。大聲。

⑩ 雲之君：指雲中君，是雲中之神。

⑪ 摧眉折腰：低眉曲背。

【賞析】

　　這是一首樂府歌行體的雜言古詩。題為〈夢遊天姥吟留別〉，是以紀夢形式，表述別離懷抱的一首紀夢詩或遊仙詩。全詩可分為三個段落：開頭四韻十句為第一段，是夢遊的引子；中間從「湖月照我影」到「失向來之煙霞」，計五韻二十八句，描寫夢中所見、所遇，直至夢醒，為第二段，屬夢遊正文，是全詩的主體；最後二韻七句，為第三段，說夢遊感想，並道別，是全詩的結語。

　　詩篇開頭，將瀛洲和天姥雙雙並列推出，而後單說天姥而將瀛洲變為陪襯，使得天姥的地位更加突出。「天姥連天向天橫」是正面描述，既寫其高、狀其遠，又顯示其雄峻氣勢。接着以五嶽、赤城及天台山作比，進一步突出其高大形象。五嶽為海內名山，距天姥較遠，赤城山本天台山門戶，距天姥較近，一遠一近，用以比照，天姥山都具壓倒之勢。這一些，都從越人口中說出，究竟實際情景如何，仍須加以探尋，所以才有「因之夢吳越」的情事，也就是第二段所寫的夢遊情事。

　　第二段全力寫夢境。先說登山過程：夜間飛過鏡湖，到了剡溪，見到謝靈運的遊宿處，仿效謝公登上半山，已是第二天早晨（「海日」）；再經

許多曲折，到達天姥山巔，天色已黃昏。其後所聞「熊咆龍吟」及所見雲雨、水煙，都為山間夜景。登上山巔，描寫天姥，這是夢境的一個重要部分。接着石門打開，展示出另一個神仙世界：有金銀台，有神仙（「雲之君」和「仙之人」），有鸞鳳和虎豹，構成一個驚心動魄的神奇世界。這是夢中之所遇，為夢境的另一個重要組成部分。最後說夢醒，只見身旁枕席，即又回到了現實世界中來。

第三段說感想，從夢中神奇世界（「向來之煙霞」）的消失，聯想到古今萬事，以為都像東流水一般，無法長存世間。這是對於上文所寫夢境的否定，又是對於「世間行樂」及「古來萬事」的否定。這當是詩人從現實人生中所得到的經驗與體會。所以，詩人借告別機會，向東魯諸公表白自己的人生意願——幻想中的夢境已不可求，世間事又靠不住，那就只有在適當的時候（「須行」之時），騎上白鹿以遊訪名山。這是詩人經過反覆求索，所做的一種人生選擇。

早發白帝城 ❶

李白

【題解】

這首詩又題〈白帝下江陵〉。唐肅宗乾元二年（759 年）春，李白因永王璘案，流放夜郎，曾取道四川赴貶所。行至白帝城，忽聞遇赦，當即放舟東下江陵，因寫下這首詩以記當時心境。

【譯注】

| 朝辭白帝彩雲間， | 早上辭別彩雲離開白帝城， |
| 千里江陵 ❷ 一日還。 | 千里路程一天就回到江陵。 |

兩岸猿聲啼不住 ❸，　　　　　兩岸哀猿啼叫聲還沒消歇，
輕舟已過萬重山。　　　　　　一葉飛舟已經過峰巒萬疊。

❶　白帝城：在今四川奉節白帝山上。

❷　江陵：今湖北江陵。距白帝城一千二百里。詩云千里，舉成數而言。《水經注》
　　載：「有時朝發白帝，暮到江陵，其間千二百里，雖乘奔御風，不以疾也。」

❸　「兩岸」句：這是李白出三峽時所親身經歷的情景。《水經注》稱：「（三峽）每
　　至晴初霜旦，林寒澗肅，常有高猿長嘯，屬引淒異，空谷傳響，哀囀久絕。」

【賞析】

　　「朝發白帝，暮到江陵，其間千二百里，雖乘奔御風，不以疾也。」
這是《水經注》有關三峽的一段文字。詩人的經歷，正可與這一記載相印
證。但詩人的創造卻比這段文字更加富有光彩與靈性。

　　從敍事角度看，詩篇所寫由白帝城出發，經過萬重山巒，一日之間就
回到了江陵，完全是實情實事，似無有其他好說的。但是，詩篇對於這一
日行程的敍述，卻生發出比所敍之事更加豐富的意蘊來。

　　首先，在敍事過程中表達心情。其中，所謂「千里江陵一日還」，一
個「還」字，先為此行定性，點明這是遇赦回返，乃一生之大事件，而此
事於一日之間即告完成，內心自然無比歡快。除了「還」字以外，詩人的
歡快心情還體現在整個過程的迅速行進上。即一千里路程一日就到達，猿
聲還沒消歇，輕舟就已馳過，其迅速之程度，似乎超越了聲音。詩篇對於
一日行程的描寫，既使得江行迅速之狀，呈現眼前，又令人感受得到詩人
的歡快心情。

　　其次，在敍事過程中平添「猿聲」一景，為此行營造氣氛，使得「輕

舟已過」，餘響未絕，令人回味無窮。究竟哀猿叫聲意味着甚麼？這與詩人當時歡快心情又有何關係？有人以為，這是「在喜悅之中又帶着幾分惋惜和遺憾，似乎嫌船走得太快了」，「可惜還沒看夠、沒聽夠、沒來得及細細領略三峽的美，船已飛馳而過」（袁行霈《中國詩歌藝術研究》）。這是一個方面的意思。另一方面，所謂「巴東三峽巫峽長，猿鳴三聲淚沾裳」（酈道元《水經注》），卻與惋惜和遺憾不甚相關。但是，如果聯繫詩人此行及此行之前的經驗，就可認識到，詩人之遇赦回返，至此似仍心有餘悸，所以對此令人淚沾衣裳的哀鳴聲難免特別敏感。即此另一方面的意思，當是於歡快之中，夾帶着驚悸的成分。可見，詩人之回返，其心理狀態仍十分複雜。

總之，由於詩人在敍事中，賦予情事與物景以性靈，因此，這首詩才有如此動人魂魄的力量。

贈汪倫

李白

【題解】

　　天寶十四載（755年），李白從秋浦（今安徽貴池）前往涇縣（今屬安徽）遊桃花潭，村人汪倫常以美酒相款待。臨別之時，汪倫又為其送行。李白便寫下這首詩相贈。

【譯注】

李白乘舟將欲行，	李白即將乘船遠出旅行，
忽聞岸上踏歌 ❶ 聲。	忽聽到岸上傳來踏歌聲。
桃花潭水深千尺，	縱使桃花潭水有千尺深，

不及汪倫送我情。　　　　　　　也比不上汪倫相送之情。

❶ 踏歌：當時民間歌調。聯手而歌，踏地為節拍，且踏且歌，故稱為踏歌。

【賞析】

　　汪倫是一位普通的村民，與李白交好，卻有些「超俗」之處，所以才能得到李白的贈詩，他的名字也與白詩一起，流傳千古。這當是中國詩歌史上值得稱述的一段佳話。

　　所謂「超俗」之處，就李白而言，那是十分突出的。他剛步入詩壇，即被稱為「謫仙人」，其為人及為詩，都不同凡響。而汪倫，當李白遊涇縣時，既常釀美酒以待李白，又「踏歌」為李白送行，即歡歡喜喜用腳步打着拍子唱歌為李白送行，其所作所為，顯然也不同於一般世俗之人。正因為如此，兩人之間，也才那麼投合。

　　這首詩只是如實道來，謂臨行之時（「將欲行」），「忽聞岸上踏歌聲」，老朋友汪倫且踏且歌、趕來相送。並且將眼前物景——桃花潭水，信手拈來對比，謂汪倫此情比潭水還深。詩篇所寫情事極為簡單，但景切情真，十分動人。讀這首詩，覺得李白與汪倫，兩人都同樣超俗可喜。這大概也就是這首詩能夠傳誦千古的原因。

月下獨酌

李白

【題解】

　　李白入朝初期，頗得唐玄宗與楊貴妃器重，〈清平調〉三首即作於其時。但因其狂放不羈，蔑視權貴，受到小人中傷，漸為玄宗疏遠，心情抑鬱，遂與杯中物結下不解之緣，意欲借酒澆愁，求得自我解脫。〈月下獨酌〉是供奉翰林期間所寫的一組五言古詩，合計四首，這是第一首。這首詩宋本題下注有「長安」二字，據此推論，這首詩當作於供奉翰林之後期，即天寶三年（744年）春三月。

【譯注】

花間一壺酒，	花間有一壺酒濃烈香醇，
獨酌無相親。	獨自斟獨自酌相伴無人。
舉杯邀明月，	我只好舉起杯邀請明月，
對影成三人❶。	來和我及我影三人對飲。
月既不解飲，	只可惜明月她不懂飲酒，
影徒隨我身。	我的影也只是空隨我身。
暫伴月將影❷，	與明月及我影暫時相伴，
行樂須及春❸。	快行樂莫辜負大好春光。
我歌月徘徊❹，	我歌唱明月她往返徘徊，
我舞影零亂。	我舞蹈影兒也不停搖晃。
醒時同交歡，	酒醒時和它們一起歡樂，
醉後各分散。	酒醉後各西東齊齊分散。
永結無情遊❺，	願長久結交為忘情友好，
相期❻邀雲漢❼。	等待着九天外仙境再見。

❶ 三人：指獨酌的「我」、天上的明月和明月映照着「我」所成的影子。

❷ 月將影：月和影。將，有相偕意思。

❸ 及春：及時把握春光或趁着春天。這裏有及時行樂之意。

❹ 徘徊：流連不進貌。

❺ 無情遊：忘卻世情，超脫塵俗的交遊。

❻ 相期：相約。

❼ 雲漢：即天河。

【賞析】

　　這首詩題為〈月下獨酌〉，表明時間在夜晚，地點是月下（花間），人物僅僅是詩人自己，事件為飲酒。如此而已。但是詩篇所寫，卻顯得十分熱鬧，有歌有舞，人間天上，鬧成一片。詩篇所表現的內容及所體現的情思，甚具姿彩。

　　第一小段四句，角色登場。背景是「花間」，道具有「一壺酒」，人物則只詩人一個。這原是一齣獨腳戲，冷清孤寂，十分無聊。這當也是詩人身居翰林、無人相親的環境及心境的寫照。為了自我排遣，詩人當時只好舉杯邀月，表示與月與影三人對飲。一人頓時化為三人，冷清的場面突然熱鬧起來。

　　以上是詩人的幻想，這在現實中是得不到的。只可惜，「三人」當中，月和影皆為無情之物。既「不解飲」，又僅僅是空隨我身，不可能幫助解決任何問題。於是，至第二小段的前兩句，即將自己的幻想推翻。似乎覺得，請來了明月，伴隨着影子，也還是無用的。但後兩句卻認為，春光寶貴，還是姑且與之為伴，及時行樂，才不至有所耽誤。這又是對前面幻想世界的肯定。

　　於是，第三小段則極力渲染詩人在幻想世界中的狂態：既歌且舞，已不知今夕何夕。其時，詩人已漸入醉鄉。四句所寫，月和影對於自己，均一往情深。原來根本就「不解飲」，毫不理會詩人心事的無情之物──月和影，突然變得很多情，即：我在唱歌的時候，月色徘徊，依依不捨，似在靜候佳音一般；我在跳舞的時候，月光下的身影也零亂起來，似在與我共舞。而詩人此時，似乎也已進入了忘我的境界：當他還未曾完全進入醉鄉之時，即與月和影盡情交歡；一旦完全進入醉鄉，那也就各走各的了。這是詩人情思發展的高峰。

最後，詩人表示，願意與月和影永遠結為忘情交好，並且相約，在那邈遠的上天仙境再見。

　　這首詩異想天開，景象奇特，充分體現出詩人的藝術天才。這其中，主要是將「月」和「影」人格化，即賦予無生命的「月」和「影」以人的感情，從而創造出一個亦幻亦真的境界來。這就是擬人化手法的運用。這說明：詩人受冷遇，在人間無有知己，只好寄情於天上的月和月光映照下的自己的身影。詩篇表現出詩人懷才不遇的孤獨感和蔑視權貴、放蕩不羈的性情與胸襟，同時也表現出厭棄世塵、期待新遊的徘徊零亂的心情。

哭晁卿衡❶

李
白

【題解】

晁衡，日本人。曾來中國留學，並在中國任官職。與李白交誼甚厚。天寶十二載（753年），以唐使者身份隨日本訪華使者藤原清河等分乘四艘船隻返日，行至琉球群島附近遇風暴，晁衡所乘船隻與其他船隻失去聯絡，漂流到安南一帶。當時誤傳晁衡已沉海遇難，李白獲知消息即寫這首詩表示悼念。

【譯注】

日本晁卿辭帝都，　　　　　　日本朋友晁衡終於辭別了大唐都城，

征帆一片繞蓬壺 ❷。　　　　　張開一片風帆圍繞着蓬萊仙島航行。

明月不歸沉碧海，　　　　　　就像明月之珠一般沉落碧海不再歸還，

白雲愁色滿蒼梧。　　　　　　白雲為他悲慟愁苦顏色籠罩着蒼梧山。

❶　晁卿衡：即晁衡。「卿」為對晁氏尊稱。晁衡原名阿倍仲麻呂，日本人。開元
　　五年（717 年）隨日本第九次遣唐使來中國留學。畢業後留居中國，改姓名為
　　晁衡（一作朝衡）。曾任司經局校書、左拾遺、左補闕、左散騎常侍、安南都
　　護使等職。

❷　蓬壺：即蓬萊，傳說東海中的三神山之一。

【賞析】

　　這是一首悼詩，即輓詩。輓者，留也。既說其辭去，對之表示悼念，
又有「留」的意思。這是寫作悼詩（包括輓聯）的基本要求。

　　首二句說辭去，這是事件本身。謂其辭別唐都長安，到達蓬萊仙島，
猶如謂仙逝或辭歸道山一般。「辭」指辭別、話別，說的是晁氏離開長安
時的實景，但此一辭別卻變成訣別；「繞」即圍繞，說的當也與晁氏在海
上行進有關，但此行卻從現實當中到了仙境，頗有些依戀不捨之意。二句
直敍其事，為客觀描述，但已染上詩人的主觀感情色彩。

　　次二句對於晁氏辭去，即上文所敍事件表示態度。先是用比，謂晁氏
之遇難，就像明月之珠之沉於碧海，流露出無限痛惜之情；再是將此種痛
惜之情化為天上白雲，謂其悲慟、哀愁，籠罩着整座蒼梧山。所謂「一切
景語皆情語」，詩篇所說至此戛然而止，而其所體現的痛惜之情即永遠充
塞於海天之間，永遠縈繞在人心中。二句表態言情，將一個「留」字，寫
得極其真切、動人。

全詩所寫，平白如話，雖不用悲傷字句，但卻蘊藏着深情，令人永誌不忘。這就是詩篇強大藝術魅力的體現。

登金陵鳳凰台 ❶

李
白

【題解】

　　這首詩開頭二句化用崔顥〈黃鶴樓〉的前四句:「昔人已乘黃鶴去,
此地空餘黃鶴樓。黃鶴一去不復返,白雲千載空悠悠。」全篇似仿崔詩,
並同用平聲尤韻。傳說這首詩是李白與崔顥的爭勝之作。

【譯注】

鳳凰台上鳳凰遊,	鳳凰台上曾經有鳳凰來過,
鳳去台空江自流。	鳳去台空只剩下江水長流。
吳宮花草埋幽徑,	吳宮荒廢,野草閒花掩沒了曲折小路,

晉代衣冠成古丘。　　　　　　晉室淪亡，貴人陵墓變成了一片土丘。

三山 ❷ 半落青天外，　　　　　青天外，三座山峰露出了半截身姿，

二水 ❸ 中分白鷺洲 ❹ 。　　　　腳底下，水流被白鷺洲中分為二。

總為浮雲能蔽日，　　　　　　總因為浮雲遮住了太陽，

長安不見使人愁。　　　　　　望不見帝都長安，令人生愁。

❶　鳳凰台：在金陵城西南隅（今江蘇南京鳳遊寺）之鳳凰山上。相傳南朝劉宋王
　　朝永嘉年間有鳳凰集於此山，乃築台，山與台也由此得名。

❷　三山：在江寧縣西南長江邊上，三峰並列，南北相連。

❸　二水：指長江與秦淮河。

❹　白鷺洲：在秦淮河流入長江處。

【賞析】

　　這是一首登覽詩，其內容可分為二解。前解四句寫鳳凰台的歷史及鳳凰台所在地金陵的古今變化情況；後解四句寫眼前風光及登覽時的感受。憶昔撫今，頗能體現詩人的情性。

　　與崔顥〈黃鶴樓〉相比，二者題材大致相同，表現手法也相接近，但所說感受略有不同。孰優孰劣，難有定準。

　　就材料分配看，白詩分為二解，崔詩也分為二解。白崔二詩之前解，同樣都側重於表現人文景觀，而後解則都側重於表現自然景觀。這是基本相同之處。不同之處，則在材料本身。崔詩前解四句，只是說了黃鶴樓，未及其餘。但白詩以首聯二句就解決了這個問題，而於頷聯二句，將鳳凰台的人文景觀擴展到金陵，概括了從三國東吳以及東晉之後六朝的興盛與衰亡。白詩所寫，顯然更加具有「史」的高度與深度。再說後解四句，二

者都說「本地風光」，都說「愁」。「本地風光」各有姿彩，乃實際物景使然，而其所產生的「愁」，卻不相同。崔詩為望不到「鄉關」而愁，白詩為望不到「長安」而愁。二者所愁，各有背景，照王國維的說法，可能有「憂生」與「憂世」的區別，但無須定其優劣。

總的看，白詩與崔詩，同為各自的性情之作，只有先後之分，而不宜有高下之別。

峨眉山❶月歌

李白

【題解】

　　這是李白初出川時的一首詠月詩。其時，詩人對於前程充滿信心和希望，和供奉翰林之後，心境頗為不同。因此，所作詠月詩，所表現的情緒也不一樣。

【譯注】

峨眉山月半輪秋，　　　　　　　峨眉山半輪明月沉浸在秋色當中，
影入平羌江❷水流。　　　　　　月影在平羌江上跟隨着江水流動。
夜發清溪向三峽❸，　　　　　　深夜裏出清溪沿岷江向三峽行駛，

思君 ❹ 不見下渝州 ❺。　　　　　　到渝州思念着再也見不到你面容。

❶　峨眉山：蜀中名山。

❷　平羌江：即青衣江。在峨眉山東北，源出四川蘆山縣，流至樂山縣而入岷江。

❸　三峽：指瞿塘峽、巫峽、西陵峽。

❹　君：指峨眉山月。《唐詩別裁集》稱：「月在清溪、三峽之間，半輪亦不復見矣。『君』字即指月。」此說甚是。另說：君指峨眉山友人，則詩中山月兼為友情之象徵。此說可供參考。

❺　渝州：今重慶市。

【賞析】

　　李白對於月亮特別有感情，曾有「舉頭望明月，低頭思故鄉」的名句。在〈月下獨酌〉中，李白舉杯邀月，希望與月亮對飲，儘管月亮不領他的情，他還想與月亮結為「無情遊」，感情甚為真摯，而空中明月畢竟還是無情的。但是，在這首詩中，峨眉山月卻甚多情意，既跟隨着李白從清溪出發，又一路陪伴着李白直到三峽。所以，出了三峽，因明月為重山所隔，不能再見，即為李白留下無窮的思念。

　　詩篇將山月景象和人物行蹤結合在一起進行描述。首句說山月只是「半輪」，且帶着「秋」氣，正是青山吐月時的景象。此句似專寫月，實則已暗含着人，因詩人就是從峨眉山下平羌江開始自己的行程的。次句寫月影，謂其投入平羌江，伴着詩人順流而東，即將月和人聯結在一起。三、四兩句寫詩人的行蹤，但又未離開月亮。詩人的行蹤是峨眉山 —— 平羌江 —— 清溪 —— 岷江 —— 三峽，山月與詩人作伴，直送詩人出了三峽。其中「君」當指峨眉山月。詩人將月比人，將感情賦予半輪山月，依戀的情思便更加誠摯，詩篇更覺感人。

黃鶴樓❶送孟浩然之廣陵❷

李白

【題解】

　　李白與孟浩然的交往，在他出川不久，正當「人生得意」之時。因此，這首詩寫送別，其情味卻與一般送別詩不同。據載，孟浩然曾於開元十八年（730 年）東遊吳越。這首送別詩應為其時所作。

【譯注】

故人西辭❸黃鶴樓，
煙花❹三月下揚州。

黃鶴樓上，我為老朋友出行餞別，
東下揚州，在繁花似錦的春三月。

孤帆遠影碧空盡，　　　　　　行船帆影，漸漸在碧空盡處消失，

惟見長江天際 ❺ 流。　　　　只看見長江水，依然向天邊流去。

❶　黃鶴樓：舊地在今湖北武漢蛇山之黃鶴磯頭，下瞰長江，為登臨勝地。

❷　廣陵：今江蘇揚州。唐時為廣陵郡。

❸　西辭：黃鶴樓在揚州之西，故云。

❹　煙花：日暖花繁景象，用喻繁華。

❺　天際：即「天邊」。

【賞析】

　　這首詩寫送客，既含蓄地抒發了一種惜別之情，又寫出長江在遼闊平原上奔流而去的雄偉景象，與一般送別詩不同。例如王維的〈渭城曲〉，所謂「西出陽關無故人」，此去前途未卜，送者及被送者，心情都甚為沉重。而這首詩則不同，因為這首詩的兩位當事人——送者（李白）及被送者（孟浩然）都是風流瀟灑的詩人，被送者前往的地區又是繁華都會揚州，當時離別，二者心情倒是輕鬆愉快的。所以，這首詩說離別，襟懷寬廣，境界開闊，充滿信心與希望，沒有一般別離詩的消沉情緒，讀之令人鼓舞。

望廬山瀑布

李白

【題解】

　　這首詩另題〈望廬山瀑布水〉。瀑布水指廬山之開先瀑布，其旁有香爐峰。這首詩所寫就是瀑布水由此而下的雄偉景象。

【譯注】

日照香爐 ❶ 生紫煙，
遙看瀑布掛前川 ❷。
飛流直下三千尺，
疑是銀河落九天。

日光照耀，紫色雲煙從香爐峰升起，
遠遠望見，瀑布懸掛在山前河面上。
瀑布直衝而下，足有三千尺長，
好像是銀河從九天外下降。

❶ 香爐：指廬山香爐峰。因其在廬山西北，其峰尖圓，煙雲聚散，如博山香爐之狀，故得名。

❷ 掛前川：瀑布下接河流，好像懸掛在河面上。

【賞析】

李白有兩首寫廬山瀑布的詩，一為五古，一為七絕。五古二十二句，前八句云：「西登香爐峰，南見瀑布水。掛流三百丈，噴壑數十里。欻如飛電來，隱若白虹起。初驚河漢落，半灑雲天裏。」主要寫瀑布的奇偉壯闊景象。而這首七絕所寫，正好就是八句內容的複述或概括（吳小如語）。

首二句着眼於一個「望」字，既寫望瀑布的角度，又寫瀑布所在的方位。證之以「西登香爐峰，南見瀑布水」，可知詩人乃立足於香爐峰而遙望對面山前的瀑布。二句所佈景，當是眼前所見之實在景象，平直道來，仍未見其奇特之處。

次二句說「望」的結果，大膽發揮想像，將瀑布所在空間擴展到整個宇宙世界，謂之像是銀河從九天外降落，其氣勢、其景象，就大不一般。二句所佈景，雖然還以眼前實景為依據，但此景已非人間之景，而是李白心中的仙境。

總之，這首詩四句都寫景，屬景語，實際上詩人的懷抱與胸襟已經包含在內。所以，歷來寫瀑布的詩篇，大都難以達到這一境界。

望嶽

杜甫

【題解】

　　杜甫（712 至 770 年），字子美，號杜陵野老，其先世為京兆（長安）杜陵人，祖籍湖北襄陽，出生於河南鞏縣。祖父杜審言，唐初詩人。父杜閒，當過縣令。

　　杜甫自小勤奮，刻苦力學。二十歲起曾多次出門遊歷。三十六歲到長安應試，得一小官，困守十年之久。安史亂起，洛陽、長安陷落。在逃難中被俘。冒險逃至鳳翔（今屬陝西）謁見唐肅宗，被任命為左拾遺。後被貶。四十八歲到成都，在城西浣花溪畔搭草堂居住。曾為劍南節度使嚴武邀入幕府，官檢校工部員外郎。嚴武死後，輾轉四川、湖北、湖南一帶，在雲安、夔州居住一段時間。五十七歲出三峽順流而下，漂泊二年，在由潭州到岳州途中，病死在一條破船上，年五十九。

杜甫與李白都生活在盛唐，但二人創作淵源和成就則有所不同。杜甫熱血忠腸、敦厚溫柔，其詩歌創作導源於《詩經》，充滿寫實精神，有「詩史」之譽。

這首詩是杜集中年代最早的一首，寫於詩人早歲漫遊期間。杜集中「望嶽」詩共三首，分詠東嶽（泰山）、南嶽（衡山）、西嶽（華山）。這首詩望東嶽，當寫於北遊齊、趙之時，大約在 736 至 740 年間。

【譯注】

岱宗 ❶ 夫如何，　　　　　泰山你有多麼高大雄偉，

齊魯 ❷ 青未了。　　　　　跨越了齊與魯一片蒼翠。

造化 ❸ 鍾神秀，　　　　　凝聚着天地間所有靈秀與神工，

陰陽 ❹ 割昏曉。　　　　　陰和陽相間隔就像早和晚不同。

蕩胸生層雲，　　　　　　　胸中蕩漾着一層層雲濤，

決眥入歸鳥。　　　　　　　睜大眼睛看那暮歸的鳥。

會當 ❺ 凌絕頂，　　　　　一定要攀登上你的頂峰，

一覽眾山小。　　　　　　　讓群山都成為伏貼隨從。

❶ 岱宗：泰山的尊稱。

❷ 齊魯：泰山跨越齊魯兩地。齊在泰山北，魯在泰山南。

❸ 造化：天地、大自然。

❹ 陰陽：指山北山南。

❺ 會當：合當、將要。

【賞析】

　　這是現存杜詩中年代最早的詩篇，作時詩人二十五歲，正當青春年華。詩篇借東嶽泰山抒寫懷抱，詠山詠人，可看作是詩人自己的人格寫照。但是，如從詩法、詩藝上講，因為是早年作品，尚不及晚歲所作那麼精細嚴密，那麼多變化，則頗便於初學。

　　這首詩題為〈望嶽〉，一個「望」字，貫穿全篇。開篇問：「岱宗夫如何？」這是乍一望見時的讚嘆。以設問方式寫出。以下五句，就「如何」二字生發開去，為問題的答案，即「望」的結果。而此答案（結果）即層層鋪開，既有總的概括，又依據時空的推移與變換，顯示出不同的姿態。例如「齊魯青未了」，這是總答案，或遠望，與首句發問同等眼光、同等氣勢，都有橫空出世之慨。頷聯寫近望，謂其凝聚了天地間所有靈秀與神工，其高聳之勢使得山南與山北明顯地劃分出一昏一曉的不同區域來。這是高大雄偉的泰山所體現的景象，為客觀物景。頸聯寫細望，即目不轉睛地望，望得心胸與層雲共蕩漾，眼眶也好像快決裂一般。「層雲」與「歸鳥」，皆山中所見物景，為客觀物景，「蕩胸」與「決眥」，則已是主觀感受。謂其長時間細望，一直望到歸鳥投林、天色已晚，從而顯示山之奇特與人之嚮往。二聯所寫，略有分工：前者從空間位置，正面展現山的形象；後者從時間進程，側面揭示山的神奇。以上三聯，主要在於佈景。尾聯所寫，謂「會當」，這是尚未發生的事，是以後的「望」，即希望。此一「望」，以虛帶實，呼應首聯所發問，體現出一種勇攀高峰、敢於俯視一切的雄心與氣魄。這是詩篇所要表達的意旨。

　　總之，詩篇以前三聯寫山，由遠而近，由朝至暮，遠望、近望、細望、長望，充分展示；尾聯寫人，則從山的絕頂展現懷抱。詩篇佈景、立意，還是有蹤跡可尋的。

兵車行

杜甫

【題解】

　　這首詩收錄在《杜工部全集》中，詩題為杜甫自創。這種自創新題的詩歌，在唐代被稱為「新樂府」，而其反映社會生活的現實精神，與「感於哀樂，緣事而發」的古樂府並無二致。

　　這首詩大約寫於天寶十載（751 年），時唐軍征伐南詔，連戰皆敗。宰相楊國忠隱瞞戰情，在關中另募新兵再戰，關中百姓不肯應募，便派官兵捕人，連枷送至軍所，造成民怨沸騰、哀哭遍野的慘象。杜甫目睹這一現實，寫成了這首詩。

【譯注】

車轔轔❶，馬蕭蕭❷，
行人弓箭各在腰。
耶娘妻子走相送，
塵埃不見咸陽橋❸。
牽衣頓足攔道哭，
哭聲直上干雲霄。
道旁過者問行人，
行人但云點行❹頻。
或從十五北防河❺，
便至四十西營田❻。
去時里正❼與裹頭❽，
歸來頭白還戍邊。
邊庭流血成海水，
武皇❾開邊意未已。
君不聞漢家山東❿二百州，
千村萬落生荊杞。
縱有健婦把鋤犁，
禾生隴畝無東西。
況復秦兵⓫耐苦戰，
被驅不異犬與雞。
長者雖有問，
役夫敢申恨。
且如今年冬，

戰車囉囉，戰馬鳴叫，
出征兵士弓箭各自佩戴在腰。
爹爹娘娘妻子兒女趕來送別，
路上塵土翻滾淹沒了咸陽橋。
牽扯衣衫猛頓足攔路痛哭，
哭聲一片衝上了九重雲霄。
過路的人走向前詢問征夫，
征夫只說因為徵募太頻繁。
有的十五就去河北服兵役，
到四十還派往西部墾營田。
走時候里長替他包裹頭巾，
歸來時滿頭白還要守邊防。
邊境上屍橫遍野血流成海，
武皇他開拓邊疆未曾悔改。
你沒聽說過漢家山東二百個州，
千萬座村落都長滿荊杞。
即使有健壯婦人把犁荷鋤，
也還是作物雜亂隴畝分不清東與西。
更何況關中子弟大多能耐苦戰，
驅來趕去就像是雞犬一般。
如果不是老人家關懷垂詢，
我又豈敢申訴此心中怨恨。
再說今年冬天這些苦時光，

未休關西卒。	隴西士兵仍未可依期輪換。
縣官急索租，	縣官四下裏頻頻索稅催租，
租稅從何出。	稅與租不知道從何地拿出。
信知生男惡，	實在是生男太煩惱，
反是生女好。	生女反倒比生男好。
生女猶得嫁比鄰，	生女還能夠嫁近鄰，
生男埋沒隨百草。	生男卻死在外邊埋荒草。
君不見青海頭❷，	你沒看見青海那一頭，
古來白骨無人收。	古往今來多少白骨無人收。
新鬼煩冤舊鬼哭，	新鬼煩躁怨恨舊鬼哭不停，
天陰雨濕聲啾啾。	天陰下雨啾啾叫令人生愁。

❶ 轔轔：兵車走動時發出的囉囉響聲，擬聲詞。

❷ 蕭蕭：戰馬嘶叫聲，擬聲詞。

❸ 咸陽橋：本名渭橋，在長安西北，橫跨渭水，為長安通向咸陽的大橋。

❹ 點行：漢史謂「更行」，即以丁籍點照上下，更換差役。此指按戶籍名冊徵調
服役。

❺ 防河：河指黃河，因當時吐蕃侵擾河右，故曰防河。

❻ 營田：招募流民，給以廬舍，使之力田，稱為「營田」。耕者要將部分收成上
供作軍餉。

❼ 里正：即「里長」。唐制凡百戶為一里，里置里正。

❽ 裹頭：唐人喜以三尺紗羅裹在頭上作頭巾。因年少出征，所以里長為之裹頭。

❾ 武皇：明指漢武帝，暗諷唐玄宗。

❿ 山東：指函谷關以東地方，非今日之山東。

⓫ 秦兵：長安一帶（關中）出生的兵士。因戰國時函谷關內為秦國根據地，故後
人以「秦」稱之。下文「關西卒」，亦指秦兵。

❷ 青海頭：今青海東北邊境。唐時與吐蕃在此征戰多年。

【賞析】

　　杜甫被稱為「詩聖」，所寫的詩被稱為「詩史」，主要因為他有一副憂國憂民的熱心腸。他寫了大量反映社會現實及民生疾苦的詩篇。他的樂府詩往往自創新題，直接揭露與批判社會上的黑暗現象，幫老百姓說話。〈兵車行〉就是他的代表作之一。

　　這是一首敍事詩。全詩可分為三段：開頭六句為第一段，描寫出征場面；中間由當事者──「行人」訴說事件始末，為第二段；最後八句由見證人──「道旁過者」（杜甫）代為發表議論，為第三段。全詩注重場景描寫、細節描寫和人物心理描寫，顯得有聲有色，十分壯觀。

　　第一段所寫，一方面是車轔轔、馬蕭蕭，所向披靡；一方面則牽衣頓足、哭聲衝天，慘不忍睹。二者構成了一幅觸目驚心的送別畫圖。這幅畫圖，展示了歷史上一個真實的出征場面。這是整個出征事件的開端。

　　第二段因「道旁過者」的詢問，引出「行人」的答話來。這是一段長篇敍言。這篇敍言先說「點行頻」，直接揭露國家的兵役制度。謂十五從征，四十營田，到老還得前去守衛邊疆，這是「頻」的具體體現，也是整個制度給百姓所造成的災難。接着說「意未已」，謂統治者並不因為「邊庭流血成海水」──「點行頻」、不斷征戰的結果，而放棄對外擴張的政策。於是進一步羅列出推行這一政策的惡果：荊杞遍地，農事荒廢。最後說「今年冬」的情況──「關西卒」得不到調換（輪休），「縣官」又急索租稅。這篇敍言包含着整個時代的社會生活，覆蓋面積相當大，就像是一部用詩寫成的歷史。

第三段由「道旁過者」代言，猶如太史公的「贊」（贊是史書的一種體裁，用以闡發作者或注家對人物、事件的評論），這是歷史的見證。

　　這是杜詩之所以堪稱「詩史」的一個範例。

　　此外，在格式上，這首詩以七言為主，雜三、五言，句式靈活，並根據感情發展變化，轉換平仄韻腳，全詩充滿音節順暢、鏗鏘悅耳的特色。

月夜

杜
甫

【題解】

　　安史亂中，杜甫隻身前往靈武（今寧夏寧武）投奔唐肅宗，途中為叛
軍所獲，被羈長安。而其家小卻在鄜州（今陝西富縣）羌村。兩地相望，
因寫下這首詩。時在天寶十五載（756年）八月，杜甫四十二歲。

【譯注】

今夜鄜州月，	今天晚上鄜州的明月，
閨中只獨看。	只有妻子在家獨自觀賞。
遙憐小兒女，	最可憐我那幼小無知的小兒女，

未解憶長安。	不知道母親正在思憶長安。
香霧雲鬟濕，	夜霧籠罩，雲鬟濕潤，
清輝玉臂寒。	輝光映射，兩臂清寒。
何時倚虛幌 ❶，	甚麼時候一起靠着輕輕羅幬，
雙照淚痕乾。	雙雙觀賞明月不再相思垂淚。

❶ 虛幌：指閨中幬幔。

【賞析】

這首詩借看月而抒寫離情，全篇皆由一系列的幻想畫面所構成。

詩篇明題〈月夜〉，寫的當是自己在長安看月時的心境，這是現實之境，但詩篇之首聯，「入手便擺落現境，純從對面着筆，蹊徑甚別」（紀昀《瀛奎律髓刊誤》）。這就是從對面設想，構造幻想畫面。第一個畫面，由頷聯、頸聯所展示的兩個小鏡頭組成：一是兒女尚小，不解思父，妻子獨自看月，思憶長安；另一是妻子獨自在月光映照下，久久站立，直至雲鬟濕潤、玉臂生寒。這一幻想畫面就是首聯所說的「獨看」畫面。而尾聯二句，卻另構造出一個畫面——將來有一天，夫妻團圓、雙雙依幌看月，這是「雙照」畫面，也是一個幻想畫面。這兩個幻想畫面，「獨看」與「雙照」，雖然都是虛擬的，但卻真切地表現出詩人當時獨自在長安看月的心境。其時，杜甫身在長安，仍被叛軍拘禁，而妻子遠在鄜州，杳無音信，實際情況雙方均不可得知，因此，一切都是幻想。此一幻想是以現實分離為依據的。由此可見，杜甫寫這首詩時，其心境是十分憂傷的。

春望

杜甫

【題解】

　　這首詩作於唐肅宗至德二年（757年）三月。時，杜甫被困長安，憂國思家，因有此作。

【譯注】

國破山河在，	國都淪陷，城池殘破，山河儘管都在，
城春草木深。	春光寂寥，荒城一片，已是草木叢生。
感時花濺淚，	感傷時勢，見到花開，不禁掉下熱淚，
恨別鳥驚心。	怨恨離別，聽到鳥叫，往往動魄驚心。

烽火 ❶ 連三月，　　　熊熊烽火，連續不斷，又是陽春三月，
家書抵萬金。　　　　音訊隔絕，盼望家書，片紙抵過萬金。
白頭搔更短，　　　　獨立蒼茫，搔首躊躇，頓覺白髮稀落，
渾欲不勝簪 ❷。　　　如此這般，簡直令我，再插不上頭簪。

❶ 烽火：用以告急的薪火。

❷ 簪：用以束髮的首笄。

【賞析】

　　杜甫被困長安，賦詩言志。主題「春望」，將望家之情及憂國之思融為一體，甚是真摯動人。

　　全詩可分為二解。前四句為一解，寫春望之景；後四句為一解，寫春望之情。其間，「對偶未嘗不精，而縱橫變幻，盡越陳規，濃淡深淺，動奪天工」（胡震亨《唐音癸籤》卷九），頗能體現杜律的藝術造詣。

　　首聯二句，總說都城春景，並非平列佈景，而構成一種偏正關係，謂：國都淪亡，山河依舊，但此山河已非往日之山河；其間草木叢生，一片荒涼，目不忍睹。這是春望的全景。頷聯說「花」、說「鳥」，乃全景中之具體物景。時值三月陽春，百花盛開，百鳥齊鳴，此為望中實景，皆為娛人之物，所謂良辰之美景也；但此景在感時恨別的人看來，卻倍覺其哀，變成為一種令人「濺淚」、「驚心」的情景。因此，在以上佈置的背景下，詩人進一步展示春望之情：一是頸聯所說家國之情，一是尾聯所說衰老之情。頸聯二句與頷聯二句，同為並列對。「感時花濺淚」與「恨別鳥驚心」，以樂寫哀，突顯悲哀景象；「烽火連三月」與「家書抵萬金」，前因後果，揭示戰亂所帶來的災難。二聯格式相同，但立意則有所變化。這

說的是望家憂國情思。至於個人，白髮稀落，幾不勝簪，則更加增添了這種憂傷情思。

全詩之佈景言情，有法有度，而又並不墨守陳規，堪稱五律佳篇。

春夜喜雨

杜
甫

【題解】

　　這首詩作於唐肅宗上元元年（760 年）春，在成都草堂初建一月之後。

【譯注】

好雨知時節，　　　　　　好雨像是懂得了節候時令，
當春乃發生。　　　　　　春天一到它便悄悄地降臨。
隨風潛入夜，　　　　　　隨着和風飄灑進寧靜夜晚，
潤物細無聲。　　　　　　滋潤萬物聽不見腳步聲音。

野徑雲俱黑，	田間小路籠罩着層層黑雲，
江 ❶ 船火獨明。	只有那江上船隻燈火光明。
曉看紅濕處，	等到天亮再看那紅濕之處，
花重錦官城 ❷。	當是萬紫千紅簇擁錦官城。

❶ 江：指錦江。杜甫草堂位於成都西門外浣花溪畔，萬里橋側，臨近錦江。草堂門外的江畔橋邊，為船隻停泊之處。

❷ 錦官城：即成都。成都舊時有太城、少城。少城為三國蜀時主管織錦官員所居，故址在成都府城西南，故後世即稱成都為「錦官城」，亦稱「錦城」、「錦里」。

【賞析】

　　這首詩寫春雨，可看作是一首詠物詩，即以春雨為詠寫對象的詩篇。一般說來，所謂詠物，必須寫出物的形態及神理，並有一定的寓意。這首詩在「雨」字上下功夫，既切「夜」，又切「春」，充分顯現春夜之雨的特徵及詩人的心情，整個意境十分美好，是一首非常出色的詠物詩。

　　詩篇可分為二解，前解四句說春雨的形態及神理，後解四句說春雨所造成的客觀效果，為其形態及神理的外化，並將詩人自己的人格熔鑄於內。首聯所謂「好雨知時節，當春乃發生」，言春雨應合時節，當春發生，這是自然規律，亦即春雨神理之所在。着一「知」字，將春雨擬人化，使其神理顯得更富於靈性，而「好」及「當」，則已傾注着詩人濃烈的主觀情感色彩。頷聯所謂「隨風潛入夜，潤物細無聲」，謂其隨着和風悄悄地飄灑了整整一個夜晚，默默無聞地滋潤着世間萬物，既充分體現春雨的形態，又將一個「好」字具體化，使其「當春乃發生」的知感或神理顯得更

加突出；其中着一「潛」字並一「細」字，同樣將春雨擬人化，帶有濃烈的主觀情感色彩。這是前解。後解先說當夜雨中之景象，再說天明雨晴之景象，進一步顯示春雨的形態及神理。頸聯所謂「野徑雲俱黑，江船火獨明」，將視野展開，謂黑雲密佈，連田野小路也已分辨不清，只有江上漁火閃出亮光。這是眼前所見實景，也是這場夜雨所出現的景象。這是實寫。尾聯「曉看紅濕處，花重錦官城」，設想第二天早上的情景。謂等待天明，再看那紅濕之處，一定是一片繁花似錦的美好景象。詩人的設想，與孟浩然〈春曉〉所寫「夜來風雨聲，花落知多少」同一技法，但效果截然不同，寓意也不同。它所表現的不是一種失落感，而是一種擁有新世界的喜悅。這是虛寫。一實一虛，將春雨所造成的客觀效果顯示得無比充分。

　　全詩寫春雨，謂之悄悄地下，不停地下，而詩人則細心觀察，細心品味，整整一個夜晚，緊緊地跟蹤，並設想天亮以後的情景。這一切，只是就其形態及神理說開去，並未見一個「喜」，而其喜悅之情卻處處可見，其春雨般嘉惠萬物的精神也甚可感。這就是這首詠物詩的可喜、可愛之處。

登岳陽樓

杜
甫

【題解】

　　大曆三年（768 年）春，杜甫從夔州（今四川奉節）出三峽，暮冬流寓於岳州（今湖南岳陽）。在岳州時，杜甫曾登上岳陽樓，遠眺洞庭湖，寫下了這首詩。

【譯注】

昔聞洞庭水，	從前聽說過洞庭湖這個名字，
今上岳陽樓。	今日有幸觀覽登上了岳陽樓。
吳楚 ❶ 東南坼 ❷，	吳在東楚在南就此劃分疆界，

乾坤 **❸** 日夜浮。	日月星辰在湖面上又沉又浮。
親朋無一字，	親朋好友早已經是不通音訊，
老病有孤舟。	年老多病只剩下這相伴孤舟。
戎馬 **❹** 關山北，	關山北面至今仍舊戰事未歇，
憑軒涕泗流。	獨倚欄杆我怎能不涕淚湧流。

❶ 吳楚：吳國和楚國。吳國所在地域在洞庭湖之東，楚國所在地域在洞庭湖之西。

❷ 坼：土地分裂。這裏借作區分。謂吳楚二地自洞庭湖分界。

❸ 乾坤：指天地，或指日月。

❹ 戎馬：謂戰爭。《老子》云：「天下無道，戎馬生於郊。」此謂北方戰事未息。當時，吐蕃入侵，郭子儀帶兵五萬屯奉天防備。

【賞析】

「未到洞庭心已波」（蘇仲翔語），洞庭湖吞吐日月、氣象萬千，確實是很有吸引力的一處自然景觀。所以，古今詩人對此，胸中都要激起波濤。

杜甫這首詩，寫其登上岳陽樓、觀看洞庭湖的激動心情，頗能體現其憂時憂國的赤子肝腸。

詩篇前解四句，着重寫自然景觀。首聯的「昔聞」和「今上」，謂對於洞庭湖，景仰已久，今日能夠一睹風采，算是實現了願望。半半道來，心中已有了小波濤。頷聯的「東南」和「日夜」，從空間和時間兩個方面，將視野無限展開；謂吳地和楚澤因洞庭湖而劃分疆界，一在東，一在南，詩人所看到的已不僅僅是眼前這洶湧澎湃的湖泊，還看到更遠更遠的山川

大地；謂天和地，或者日和月，由洞庭湖承載着、包涵着，日日夜夜，沉下浮上，永無休止。這是大手筆，湖泊的氣象以及詩人的胸襟已概括其中。至此，詩人的心潮已與湖上波濤共起落。這是前解，概括展現了洞庭湖的氣象。

後解四句轉而着重敍寫社會人事和自身感慨。頸聯說自家的事，尾聯說國家的事，二者都很實在。「無一字」、「有孤舟」，這是詩人眼下實際處境；「關山北」的「戎馬」，謂吐蕃入侵，也是國家當時所面臨的重大事件。這是觀覽洞庭湖時所聯想到的事，為詩人當時的主要心事。那麼，這兩件事跟詩人所面對的洞庭湖究竟有甚麼關係呢？為甚麼詩人對此湖，想起二事就「涕泗流」呢？也就是說，前解所寫自然景觀（物和景）與後解所寫社會人事（人和事）究竟有何內在聯繫呢？我以為，就詩人登覽時的着眼點看，其聯繫就在「坼」和「浮」二字上。這是因為「坼」和「浮」是洞庭湖景觀的主要特徵，也是最吸引詩人的特徵。此「坼」和「浮」，既是眼前物景的實際形態──分裂土地、吞吐日月，又是詩人通過主觀想像所發現的「物」（洞庭湖）的神理。詩人對此，看看自己既無能力承載家國重任，解除關山之北的戎馬危機，又無能力承載自己這一老病之身，亦即，其早歲所有為社稷、為生靈的願望已無法實現，所以才會獨倚欄杆，涕淚湧流。這是後解，充分展現了詩人的襟抱。

蜀相❶

杜甫

【題解】

這首詩作於上元元年（760 年），杜甫初到成都之時。

【譯注】

丞相祠堂❷何處尋，　　　　　　丞相祠堂究竟在甚麼地方，

錦官城外柏森森。　　　　　　　錦官城外鬱葱葱古柏參天。

映階碧草自春色，　　　　　　　台階上綠草叢生自呈春色，

隔葉黃鸝空好音。　　　　　　　樹枝外黃鸝高唱空有好音。

三顧❸頻煩天下計，　　　　　　三顧真誠共策劃天下大計，

兩朝 ❹ 開濟老臣心。　　　　　兩朝輔佐已竭盡臣子之心。

出師未捷身先死，　　　　　　統一意願未實現身已先死，

長使英雄淚滿襟。　　　　　　最使得天下英雄淚濕衣襟。

❶　蜀相：指諸葛亮，三國時蜀國丞相。

❷　丞相祠堂：即武侯祠。祠建於西晉十六國李雄之時。

❸　三顧：諸葛亮隱居襄陽時，劉備曾三顧茅廬，敦請其出山，共謀天下大計。

❹　兩朝：指先主（劉備）、後主（劉禪）二朝。

【賞析】

　　這首詩題為〈蜀相〉，是歌詠歷史人物的詩篇。但又兼詠丞相祠堂，可看作一般登覽作品。詩篇詠物（祠堂）、詠人（丞相），頗能體現作者的情性。

　　前解四句寫祠堂，先是一問一答，寫出祠堂的位置和環境，再是以一組並列對句，描繪祠堂的具體景象。謂參天古柏，鬱鬱葱葱，令人產生莊嚴肅穆之感；謂映階草碧，隔葉禽鳴，令人產生空曠寥落之感。具體的物景描寫，已隱含着詩人的感慨。

　　後解四句寫人物，先以一組並列對句，概括其一生業績，再對其「出師未捷身先死」的結局，表示深切的悼念和惋惜。丞相一生，為天下大計，驅使策劃，業績卓著，而又小心謹慎，開濟兩朝，是歷史上難得的良相，也是詩人心中所景仰的英雄；但是，宏願未實現，這位功臣卻撒手歸西，這是最令詩人以及天下英雄感到痛惜的一件事。詩篇直接傾訴了這一感慨。

全詩所詠物與人，雖都成為過去，但詩人之匡國之志永懷胸中，所以，當他瞻仰丞相祠堂，想起丞相生前身後的事跡和境況，才會如此動情，竟致淚滿衣襟。

聞官兵收河南河北

杜甫

【題解】

唐代宗廣德元年（763年）正月，史思明之子史朝義兵敗自縊，其部將田承嗣、李懷仙等皆舉地投降，河南、河北地區相繼收復，長達八年之久的「安史之亂」終告結束。此時，杜甫正流寓於梓州（治所在今四川三台），獲知消息，驚喜若狂，即寫下這首詩。時杜甫五十二歲。

【譯注】

劍外 ❶ 忽傳收薊北 ❷，	劍閣門外忽然傳來收復薊北消息，
初聞涕淚滿衣裳。	剛剛聽到激動不已涕淚灑滿衣衫。

卻看妻子愁何在，	回頭一看妻子兒女沒有愁苦顏色，
漫捲詩書喜欲狂。	趕緊收拾書籍詩稿高興得快發狂。
白日放歌 ❸ 須縱酒 ❹，	白日裏放聲歌唱還必須開懷痛飲，
青春作伴好還鄉。	明媚春光與我結伴正好返回故鄉。
即從巴峽 ❺ 穿巫峽 ❻，	馬上從巴峽順水而下又穿過巫峽，
便下襄陽 ❼ 向洛陽 ❽。	很快就經過襄陽回到我東京洛陽。

❶　劍外：劍門以南稱「劍外」。蜀地在劍門南，故以「劍外」作為蜀地的代稱。

❷　薊北：泛指幽州、薊州一帶，即今河北北部，為安史叛軍根據地。

❸　放歌：放聲高歌。

❹　縱酒：放肆飲酒。

❺　巴峽：在湖北巴東縣北。

❻　巫峽：三峽之一，在四川巫山。

❼　襄陽：今屬湖北。

❽　洛陽：今屬河南。此句原注有云「余田園在東京」，東京即洛陽。

【賞析】

　　杜甫自稱「晚歲漸於詩律細」。平生寫詩，最講「法律」，所謂「杜律」，歷來被推尊為近體格律詩的典型。此所謂「律」，包括聲調方面的律法，也包括寫作方面的律法。這兩個方面，老杜所作都是極為規範的。但是也有特例，如〈聞官兵收河南河北〉一律，雖聲調格律都循正規途徑進行安排，但其作法，亦即謀篇佈局，則大不一般。

　　這首詩，八句當中只一句題事，餘俱寫情（浦起龍語）。在材料安排上，打破律詩前後二解平均分配的常規，只是順着自身情感變化去敍寫。

首聯二句，一句說明了詩篇所要說明的事件——「聞官兵收河南河北」，另一句即說情感變化過程中的最初階段——「初聞」情況。此時，似幻似真，激動不已，涕淚濕透衣裳。接下去三聯，步步推進，一個階段一個階段展示自身的情感變化：頷聯說看到妻子不悲傷，證明消息屬實，所以趕緊收拾詩稿書籍，驚喜欲狂。「卻看」二字，緊承「初聞」，將情感發展推入另一個階段。此二聯所寫，均為眼前實景。頸聯與尾聯，則由眼前逐步推向未來，將情感發展進一步推向前去。「白日放歌須縱酒」，因為高興而放聲歌唱、開懷痛飲，可能為當時實際情形。但着一「須」字，卻帶有設想成分。加上下句的「好」，說明放歌、縱酒以及還鄉，均為驚喜而稍鎮定時的設想。而尾聯以四個地名，依據先後順序，構成一組工整的流水對。既巧妙地設計出還鄉的行程，又將「喜欲狂」的情緒具體顯示出來。此二聯為虛寫。

全詩佈局，實寫與虛寫平均分配，勻稱組合，而對於材料，則完全依據情緒發展進程安排，頗有隨心所欲的作風，所以前人以為，這是老杜生平第一快詩（浦起龍語）。

閣夜

杜甫

【題解】

　　這首詩選自《杜工部集》，是唐代宗大曆元年（766 年）作者寓居夔州西閣時所作。

　　當時，四川一帶，軍閥崔旰之亂未平，吐蕃又侵擾蜀地，時勢混亂；同時，早年與作者同遊梁、宋的好友高適、李白以及鄭虔、蘇源明、嚴武等，先後去世。感時憶舊，無限傷悲，才寫下這首詩。

【譯注】

歲暮陰陽 ❶ 催短景，	日月相逼，轉眼又是白晝很短的年終歲末，
天涯霜雪霽 ❷ 寒宵。	天涯今宵，難以度過雨雪初晴的寒冷時刻。
五更鼓角 ❸ 聲悲壯，	五更欲曙，軍營鼓角一聲聲更加壯烈悲涼，
三峽星河影動搖。	三峽齊瀉，銀河星影在急流當中搖曳跳躍。
野哭 ❹ 千家聞戰伐，	野曠無人，聞戰事哭聲陣陣傳自萬落千村，
夷歌 ❺ 數處起漁樵。	漁歌樵歌，夔州府淒愴一片都是蠻夷調音。
臥龍 ❻ 躍馬 ❼ 終黃土，	遙想當年，臥龍諸葛躍馬公孫已成泥中枯骨，
人事音書漫寂寥。	而今眼下，人事寂寥音書無據又算得了甚麼。

❶ 陰陽：即日、月，借指光陰。

❷ 雪霽：雪停了。引伸為雨雪初晴，白光映照。

❸ 鼓角：軍中的鼓聲和號角聲。古時夜晚有更夫擊鼓報時，由初更至五更，每更沿街或沿鄉村敲打一次。在軍中則在五更時鼓角齊鳴，催促兵士起床操練或準備作戰。

❹ 野哭：荒野傳來的哭叫聲。因為聽到戰事而哭叫。唐代宗永泰元年（765 年）十月四川爆發崔旰之亂，至寫作此詩時戰亂尚未平息。

❺ 夷歌：夷人之歌。夷，指中國古代西南地區的少數民族。意即：漁人和樵子唱
起歌謠，開始了新的一天的工作。同時也說明夔州的僻遠。

❻ 臥龍：指三國時蜀國軍師諸葛亮，因其曾經隱居南陽臥龍崗，人稱「臥龍先
生」。

❼ 躍馬：指新莽末年起兵據益州稱帝的公孫述，因晉詩人左思有句「公孫躍馬而
稱帝」，所以以「躍馬」借代。

【賞析】

　　這是一首七言律詩，詩篇描寫作者夜宿西閣時的所見、所聞及所感。
從「雪霽寒宵」（所見）寫到「五更鼓角」（所聞），從天上星河寫到三峽
洪波（所見），又從山川形勢（所見）寫到社會人事（所感），從當前現
實（所見、所聞）寫到千年往跡（所感）。全詩僅八句五十六字，卻包羅
萬象，將地下天上、古往今來通通包括在內。

　　首聯緊扣「閣夜」之題，以夜景開篇。謂日月相催，天涯羈旅，晝短
夜長，意緒愴涼。此二句為全詩定下了基調。

　　頷聯緊承上聯，寫鼓角聲以及星河影。鼓角，指軍中用以報時和發號
施令的鼓聲、號角聲。晴朗的夜空（雨雪初霽），鼓角聲分外響亮，又正
值五更欲曙之時，愁人不寐，那聲音即更顯得悲壯動人。而天上銀河，映
照在三峽的急流當中，搖曳不定。既顯得「偉麗」，又頗能牽動心魄。二
句所寫，創造了一個蒼茫悲壯而又動蕩不安的詩境，這詩境也正是作者處
境、心境的真實寫照。

　　頸聯通過哭聲和歌聲，進一步渲染氣氛。哭聲，這是因聞知戰伐之
事而引起的萬戶千家的慟哭聲；歌聲，這是漁夫樵子在深夜傳來的「夷

歌」。二句頗富時代感和地方色彩，設身處地，使其所在環境顯得更富典型意義。

尾聯借夔州的本地風光——武侯廟和白帝廟，而引出心中感慨。「臥龍」，指諸葛亮；「躍馬」，指公孫述。二人都曾在四川有過顯赫的功業。諸葛亮曾輔佐劉備父子，以蜀地為根據地，與魏、吳相抗爭；公孫述於西漢末年起兵，自稱「蜀王」，都成都，並於建武元年稱「白帝」，改夔州東西的魚復縣為「白帝城」，稱雄一時。但現在，英才與霸王都已化作黃土一堆，「賢愚同盡」，自己的這點寂寞又算得了甚麼呢？二句所寫，既是一種自我排遣，又充分反映出詩人內心的煩悶和矛盾。

這首詩之所以能夠收到將天上地下、今來古往通通包括在內的藝術效果，與詩人之善於造境有關。詩人造境能從大處着眼：寫眼前景，善將宇宙間奇景概括入詩，使得詩篇的空間容量擴展到天上地下；而寫眼前事，則善於以古證今，將古今貫穿起來，使得詩篇的時間容量延伸到古與今這一漫長的歷史長河當中。所以，這首詩才具有雄蓋宇宙的氣象。

八陣圖 ❶

杜甫

【題解】

這首詩為大曆元年（766 年）杜甫初到夔州時所作。

【譯注】

功蓋三分國 ❷，　　　　　　為策劃三國鼎立局面立下蓋世功勳，

名成八陣圖。　　　　　　　又因為創建八門陣勢圖而大噪威名。

江流石不轉，　　　　　　　江流滾滾，八陣圖石堆仍巍然不動，

遺恨失吞吳 ❸。　　　　　　只可惜吞吳失計，造成了千古遺恨。

❶ 八陣圖：指由天、地、風、雲、龍、虎、鳥、蛇八種陣勢所組成的軍事操練和作戰的陣式圖。傳為三國時蜀國丞相諸葛亮所創。又說，指用八八六十四堆石頭堆成的八門陣勢圖，其遺跡在今四川奉節的江灘上。

❷ 三分國：三分鼎立的國度，即魏、蜀、吳三國。

❸ 吞吳：吞併東吳。

【賞析】

這是一首弔古詩。即憑弔古跡，緬懷英雄人物，寄寓「垂暮無成」（黃生語）的抑鬱情懷。

首二句以對仗形式，讚頌憑弔對象——諸葛亮一生功績。謂其在確立魏、蜀、吳三分天下局勢的過程中，有着蓋世之功，而「八陣圖」使其聲名更加卓著。二句所寫，一為總事跡，一為總事跡中的一個具體事跡。二句概括了諸葛氏的一生。但此讚頌中，已隱含着「遺恨」，因為此八陣圖是為抵抗東吳水師而設置的。

次二句集中說江流中之石堆——「八陣圖」，謂其至今仍然屹立不動，為失敗英雄在江流中留下一塊不朽的豐碑，但此豐碑又記述着吞吳之舉的歷史錯誤。因為吞吳，違背了「聯吳抗曹」的策略，以致統一大業中途夭折，而造成千古遺恨。這是對於英雄人物的讚嘆與惋惜。

聯繫詩人的身世，可知其讚嘆與惋惜，已滲透着自己的情懷。

楓橋❶夜泊

張
繼

【題解】

　　張繼（生年不詳，卒於 779 年），字懿孫，南陽（今屬河南）人。唐玄宗天寶十二年（753 年）進士。唐肅宗至德年間（756 至 758 年）為監察御史。唐代宗大曆中，以檢校祠部員外郎分掌財賦於洪州（治所在今江西南昌），大曆末年卒於任上。有《張祠部詩集》。

　　這是一首行旅詩，又題〈夜泊松江〉及〈夜泊楓江〉，為唐詩中流傳最廣的篇章之一。

【譯注】

月落烏啼霜滿天，　　　　　　月亮下山烏啼叫繁霜暗凝，

江楓漁火對愁眠。　　　　　　江上漁火正對着不眠之人。

姑蘇 ❷ 城外寒山寺 ❸，　　　姑蘇城外有一座寒山古刹，

夜半鐘聲到客船。　　　　　　半夜三更傳來了清脆鐘聲。

❶　楓橋：亦名「封橋」，在今江蘇蘇州楓橋鎮。

❷　姑蘇：即蘇州，因西南有姑蘇山，故名。

❸　寒山寺：在楓橋鎮，始建於南朝梁時，相傳寒山、拾得二僧曾居於此。

【賞析】

　　這首詩寫行旅途中的一次夜泊情景，隨手寫來，不尚雕琢，但卻構成一幅意境清遠的畫圖，頗得自然趣味。

　　首二句為夜泊佈景：「月落」、「烏啼」、「霜滿天」，這是整個宇宙空間所展示的大背景；「江楓漁火」，這是大背景中的小背景，也就是夜泊之所在地──楓橋的物景。詩人於夜泊舟中久久未能入眠，就面對着這大背景及小背景。一個「對」字，說明這一切都從「愁眠人」目中、耳中、心中得之。這就是二句所寫景象。此景象雖為客觀物景，但已染上了詩人主觀情感色彩，即「愁」的色彩。

　　次二句由自然物景轉說社會人事：臥聞山寺夜鐘。此夜鐘與「愁眠人」原來並不相關，但卻偏偏傳到「愁眠人」的客船上來。這是夜泊過程中的惟一事件。詩人只說夜鐘，不及其餘，可能就是當夜實事。這件事，既表明夜之靜寂、深永，使得上文所佈之景顯得更加清遠，又突出了「愁」

的結果，即因愁不成寐，才能清晰地聽到「夜半鐘聲」，這就為夜泊營造出一種羈愁的氣氛。而「姑蘇」和「寒山寺」兩個真實地名，則使得詩篇所展現的整個夜泊情景，顯得更加真切。

寒食 ❶

韓
翃

【題解】

　　韓翃（生年不詳，卒於約 785 年），字君平，南陽（今屬河南）人。「大曆十才子」之一。唐玄宗天寶十三年（754 年）進士。唐肅宗寶應元年（762 年），為淄青節度使侯希逸幕府從事。三年後罷職，在長安閒居十年。建中初，因這首〈寒食〉詩為唐德宗所欣賞，擢為駕部郎中、知制誥，官至中書舍人。

【譯注】

春城無處不飛花，　　　　　　春日京城沒有一處不是柳絮飄飛，

寒食東風御柳 ❷ 斜。　　　　寒食東風將御苑楊柳吹得枝條垂。

日暮漢宮 ❸ 傳蠟燭 ❹，　　　天色才晚，漢皇宮中已頒賜蠟燭，

輕煙散入五侯 ❺ 家。　　　　裊娜輕煙，紛紛散入五侯大府宅。

❶　寒食：寒食節在清明前三日。古時習俗，在節日期間禁火三日，吃冷食，故稱
　　「寒食」。又說，春秋時介之推焚死綿山，晉文公為之禁火，故有此節。

❷　御柳：栽於宮苑的柳。

❸　漢宮：漢朝宮廷，暗指唐宮。

❹　傳蠟燭：傳，頒賜。《西京雜記》載：「寒食日禁火，賜侯家蠟燭。」又《輦下
　　歲時記》載：「清明日以榆柳之火賜近臣。」

❺　五侯：西漢成帝封其舅王譚為平阿侯，王商為成都侯，王立為紅陽侯，王根
　　為曲陽侯，王逢時為高平侯，五人同日封，世謂之「五侯」（見《漢書・元后
　　傳》）。又，東漢桓帝封宦官單超為新豐侯，徐璜為武原侯，具瑗東為武陽侯，
　　左悺為上蔡侯，唐衡為汝陽侯，五人同日封，亦稱「五侯」（見《後漢書・宦
　　者列傳》）。

【賞析】

　　寒食節是中國古代的一個重要節日，共三日，第四日即為清明節。古
時習俗，寒食節三日必須禁火，即徹底熄滅舊火，至清明傍晚，方才另取
新火，曰「改火」。據傳，這一風俗，由來已久，並已形成一種制度，朝
野上下都必須遵守。這首詩所寫，就是唐代宮城寒食節的盛況。

　　首二句佈景，謂寒食節期間，東風浩蕩，將御苑中的楊柳吹得歪歪斜
斜，整座京城到處飄飛着楊花柳絮。這是寒食京都最富特徵的自然景象。

　　次二句敍事，謂日暮時分，宮廷頒賜蠟燭（賜新火），一路輕煙分散

到五侯宅院。這是寒食京都最重大的事情。所謂「日暮」，指的是清明傍晚的事。據考，清明當天，宮中宴請百官，吃的還是冷餐；到傍晚，宴會解散，就取當日鑽得的新火，燃點蠟燭，賜給貴戚近臣，稱「賜新火」。二句所寫就是這一情事。

　　詩篇以「漢宮」寫唐宮，佈景與敍事，均屬唐朝當時的實際風光與情事，是一首十分出色的節序詩。

遊子吟

孟
郊

【題解】

　　孟郊（751至814年），字東野，湖州武康（今浙江德清）人，出生於昆山（今江蘇南部）。久遊舉場。唐德宗貞元十二年（796年）進士及第，任溧陽尉。元和初，鄭餘慶為河南尹，奏薦為水陸轉運判官，定居洛陽。元和九年（814年），隨鄭氏赴鎮為興元軍參謀，死於途中。

　　詩重氣勢，極為韓愈所推重，後人並稱「韓孟」。

　　這首詩約作於貞元十六年（800年），在溧陽縣尉任上。

【譯注】

慈母手中線，	慈母手中細細的針和線，
遊子身上衣。	為兒子遠遊親自製衣裳。
臨行密密縫，	快到別時仍舊密密地縫，
意恐遲遲歸。	總擔心兒子不能早歸返。
誰言寸草心 ❶，	誰說小草幼嫩柔弱的心，
報得三春暉 ❷。	報答得了春日太陽的恩。

❶ 寸草心：小草嫩心。比喻兒女的心力像小草一般柔弱。

❷ 三春暉：指春季的三個月。暉，陽光。以春天陽光對萬物的作用比喻慈母對兒女的恩情。

【賞析】

　　母親對兒子的恩和愛既寬廣博大，又無比深厚，那是說不盡，也報答不完的恩和愛。

　　詩篇選取一個典型事件——慈母為兒子趕製征衣，具體體現這種恩和愛。但不寫製衣的全過程，只是展現臨別之時的一個特寫鏡頭，謂即將出發，仍密密地縫，惟恐縫得不夠細密，兒子不能早歸返。這是一種民間風俗。謂「家裏有人出遠門，母親或妻子為出門人做衣服，必須做得針腳細密，要不然，出門人的歸期就會延誤，在吳越鄉間，老一輩人還知道這種風俗」（施蟄存《唐詩百話》）。因此，慈母的心和意就全在一針一線當中。這是人世間最樸實的恩和愛，也是最高尚的恩和愛。

　　這是詩篇前四句所表現的內容，為敘事。詩篇後二句，對此事件以及

此事件所體現的慈母的恩和愛表示態度，為議論。所謂「寸草春暉」，是一個恰切的比喻，即以小草比自身，而以春日陽光比喻偉大的母愛。這也是人世間兒女對於母親最為樸實、最為真摯的愛戴。

詩篇所寫雖只是一件小事，但卻很有典型意義，所以，千百年來，這首詩一直受到讀者的喜愛。

從軍行 ❶

陳
羽

【題解】

陳羽（生於 753 年，卒年不詳），江東（治所在今江蘇蘇州）人。唐
德宗貞元八年（792 年）進士及第，曾任東宮衞佐。《全唐詩》存其詩一卷。

這是描寫邊地雪裏行軍情景的詩篇。

【譯注】

海畔 ❷ 風吹凍泥裂，	湖畔寒風將冰凍泥土吹裂，
枯桐葉落枝梢折。	枯桐葉落枯枝被寒風吹折。
橫笛 ❸ 聞聲不見人，	笛聲嘹亮高亢卻不見人影，

紅旗直上天山雪。　　　　　　　只見紅旗直上冰雪天山頂。

❶ 從軍行：樂府歌曲（相和歌辭之平調曲），一般都用以記述軍旅征戰之事。

❷ 海畔：即湖畔。古時稱塞外大小澤亦曰「海」，如青海、蒲開海、居延海等。

❸ 橫笛：指軍中吹笛。岑參〈輪台歌奉送封大夫出師西征〉有「上將擁旄西出征，
　平明吹笛大行軍」句，即指此。

【賞析】

　　這首詩所寫為軍旅征戰中的一個場面。

　　首二句謂：湖邊的凍泥被寒風吹裂，梧桐樹的葉子已經落盡，枝梢也
被寒風吹折。二句將環境表現得異常惡劣。這是征戰的大背景，地點在天
山腳下。詩篇描繪此背景，乃從小處入手，只談湖畔凍泥以及梧桐的枯葉
與枯枝。雖然如此，卻將此惡劣環境寫得十分嚴酷。

　　次二句寫士氣。只聞笛聲不見人，只見紅旗直上天山雪，同樣也是從
小處入手。二句謂：在這「北風捲地百草折」的惡劣環境中，絕無人跡，
卻聽得到高亢嘹亮的笛聲，而且，尋聲望去，在白雪映襯下，尚可見一行
紅旗正向天山頂上移動。二句有聲有色，構成一幅壯麗的風雪行軍圖。其
中雖不見人，卻從與人相關的「橫笛」及「紅旗」二物，顯示出人的精神
面貌，尤其是「直上」二字，更是突出地體現出軍中高昂士氣。

　　詩篇所寫環境越惡劣，越能顯示從軍將士的戰鬥精神，因而也越加鼓
舞人心。

湘君祠❶

陳
羽

【題解】

這是陳羽遊湘君祠時寫下的一首詩。

【譯注】

二妃哭處湘江深，　　　　　二妃痛哭之處湖水深深，
二妃愁處雲沉沉。　　　　　二妃哀愁之處湘雲沉沉。
商人酒滴廟前草，　　　　　行客把酒灑向廟前青草，
蕭颯風生斑竹林。　　　　　蕭颯秋風吹過了斑竹林。

❶ 湘君祠：即黃陵廟，在今湖南湘陰縣北洞庭湖邊。湘君，即舜之二妃娥皇、女英。相傳舜南巡，死於蒼梧之野。二妃追蹤至洞庭，聞舜死，南望痛哭，自投湘水而死，遂為湘水之神，稱「湘君」。

【賞析】

　　這首詩所寫，乃詩人遊湘君祠時所產生的一種懷古之幽思。

　　首二句正面描述二妃的悲慘遭遇。「哭」與「愁」，為二妃當日「追之不及，相與慟哭」（《述異記》）之實際情事；而「江深」與「雲沉」，以自然景象烘托心境，則可見當日「哭」與「愁」的程度。這是一般鋪敘，由眼前湘君祠想像當日二妃至此的悲痛情景。次二句說眼前情事，謂後世之過往行客，有感於湘君故事，紛紛向此荒祠酹酒，以寄託哀思，而祠旁之數叢斑竹，在風中搖動，颯颯有聲，則仿佛二妃灑淚時也（俞陛雲《詩境淺說續編》）。二句從荒祠酹酒這一細節，寄寓對於二妃遭遇的深切同情。

　　詩篇所寫雖為一般懷古題材，但因其善以客觀外物烘托內心世界，在歷史故事中注入主觀情思，其事跡卻表現得頗為動人，或曰：「此詩通首不用諧律，頗含〈竹枝詞〉風調。」（俞陛雲語）或曰：「前半以江深雲沉狀二妃之遺恨，筆意幽渺。結句以風生斑竹傳二妃幽怨之神，與戴叔倫〈過三閭廟〉『日暮秋風起，蕭蕭楓樹林』，烘托相同。」（富壽蓀語）可見，這首詩在藝術表現上也是頗見功力的。

宿淮陰❶作

陳羽

【題解】

這是陳羽夜泊淮陰時所寫下的一首詩。

【譯注】

秋燈點點淮陰市，	點點秋燈映照着整座淮陰城，
楚客聯檣❷宿淮水。	淮水上楚客船隻靠得緊又緊。
夜深風起魚鱉腥，	夜深風起傳來了魚鱉腥臊氣，
韓信❸祠堂明月裏。	韓信祠堂沉浸在清冷月光裏。

❶　淮陰：今江蘇清江市，古為楚地。

❷ 聯檣：船舶相聯而泊。

❸ 韓信：韓信（約公元前 231 至公元前 196 年），漢初諸侯王，淮陰人。初屬項
羽，繼歸劉邦，被任命為大將。楚漢相爭，屢立戰功，並擊滅項羽於垓下（今
安徽靈璧南）。漢朝建立，受封楚王，因有人告其謀反，降為淮陰侯。後又被
告謀反，為呂后所殺。

【賞析】

　　詩篇由眼前景象聯想到英雄人物韓信，寄慨甚深。

　　首二句由秋燈開篇，描繪夜泊景象，謂：停靠在淮河上的無數船舶緊
緊聯接在一起，船上燈火點點，映照着整座淮陰城。這是客觀實景，似與
人事無關。第三句轉折，因夜深風起，送來了一陣陣魚鱉腥味，即將人們
的注意力，從眼前的點點秋燈，轉向歷史上的英雄人物。但是，第四句以
景結，不說英雄人物如何如何，而說眼前所出現的韓信祠堂。三、四兩句
所寫，雖然也是客觀物境，是紀實，但卻帶有詩人濃厚的主觀情感色彩。
二句表明：英雄人物已一去不復返，眼前只有荒祠一座，在皎潔的月光照
耀之下。於是，詩人對於英雄人物的無限敬仰之情及對其遭遇不平之感盡
在不言之中。論者以為，詩篇「寫淮陰夜泊，層層佈景，宛然如見。結句
本地風光，英雄往矣，祠廟猶存，尤耐諷味」（富壽蓀語）。頗得此詩佳
處。

農父

張
碧

【題解】

　　張碧（生卒、籍貫不詳），字太碧。唐德宗貞元間屢試不第。委興山水，言多野趣。自謂其詩先學李賀，後學李白。孟郊稱其「下筆證興亡，陳辭備風骨」（《讀張碧集》）。《全唐詩》有其詩十六首。

　　這首詩寫農父，是一首農村詩。

【譯注】

運鋤耕劚 ❶ 侵星起 ❷，	天沒亮就起身斫地耕作，
壠畝豐盈滿家喜。	壠畝好收成全家多快樂。

到頭禾黍屬他人，　　　　　　　　到頭來禾和黍收繳他人，

不知何處拋妻子。　　　　　　　　妻子兒女不知何處依託。

❶ 劚：斫地、鋤地。

❷ 侵星起：未明即起。

【賞析】

　　這首詩通過農父一家遭遇，揭露農村中普通存在的一種矛盾現象，即禾黍豐盈而妻子兒女無有依託，頗具現實意義。

　　首二句正面鋪排描述，謂：農父天未亮即下田，運鋤耕劚，辛勤勞作，獲得了大豐收，全家歡天喜地。第三句轉折，謂禾黍大豐收，卻歸他人所有。於是，第四句說結局：「不知何處拋妻子。」謂：拚命耕種而無所得，一家衣食無有着落，意欲拋棄妻子兒女，竟不知拋向何方，因為到處都是這般結局。

　　劉拜山曰：「以『滿家喜』與『拋妻子』對照來寫，何等慘痛！唐自均田壞而佃農日多，國庫虛而剝削愈甚。此雖寫一家遭遇，實是中唐農村縮影。」（富壽蓀、劉拜山《千首唐人絕句》）此說可參。

題木蘭院❶二首（其二）

王播

【題解】

　　王播（759 至 830 年），字明敭，其先為太原人，後家揚州。貞元進士。歷官諸道鹽鐵轉運使。長慶初拜相，後出為淮南節度使。《全唐詩》錄存其詩三首。

　　這首詩記述詩人兩次遊木蘭院的情景。第一次遊木蘭院，在其少年時期，因為是一位窮書生，受到了冷遇；第二次詩人已居重位，並且出鎮是邦，則受到截然不同的款待。〈題木蘭院二首〉為其重遊時所作，這是二首中的後一首。

【譯注】

上堂 ❷ 已了各西東，　　　　上齋堂時諸僧已食罷散去，
慚愧闍黎 ❸ 飯後鐘。　　　　飯後擊鐘實令人感到羞恥。
三十年來塵撲面 ❹，　　　　三十年來舊題被塵灰染污，
如今始得碧紗籠 ❺。　　　　到如今才用碧紗籠罩保護。

❶　木蘭院：在揚州惠昭寺。

❷　上堂：上齋堂。

❸　闍黎：梵語「阿闍黎」之簡稱，指僧人。

❹　塵撲面：謂其舊題為塵灰所污。

❺　碧紗籠：以碧紗籠罩起來，進行特級保護。

【賞析】

　　這首詩所寫為詩人的親身經歷。據載：詩人少孤貧，曾寄寓於揚州惠昭寺之木蘭院，隨僧齋飯。諸僧厭怠，待其至時，即已飯矣（或曰：齋罷而後擊鐘）。後二紀，詩人自重位出鎮是邦，因訪舊遊，向之題已皆碧紗幕其上。因此，再題寫這二首絕句（事詳王定保《唐摭言》及計有功《唐詩紀事》）。這二首絕句，記述木蘭院的變化及僧人對於詩人所採取的兩種不同態度，從而揭示炎涼世態，即不正常的社會人心。

　　這首詩側重寫諸僧的態度。謂三十年前，詩人是一位窮書生，諸僧不僅瞧不起他，而且還作弄他。當他上齋堂時，諸僧即已食罷，各自散去，並對着他擊鐘。三十年來其舊題一直為灰塵所蒙蔽，但因詩人身份起了變化，其所題詩，始得特級保護，即以碧紗籠罩起來。詩篇選取飯後聞鐘及

碧紗籠句這兩個典型事件，顯示諸僧態度變化，對比同樣十分強烈。其中，「慚愧」二字，可見諸僧當時乃有意作弄，其舉動及醜態，甚可憎恨；而「始得」二字，則可見如今突然變化，其嘴臉亦甚可鄙。

詩篇所寫雖為寺院中情事，但卻暴露出整個社會人心。所謂「舊遊之感，惻惻動人」（黃叔燦《唐詩箋記》），諸僧態度變化，實在令人寒心。

涼州詞❶．三首（其一）

張籍

【題解】

　　張籍（約766至830年），字文昌，原籍吳郡（今江蘇蘇州），移居和州烏江（今安徽和縣烏江鎮）。唐德宗貞元十四年（798年）進士。元和初，為太常寺太祝，累遷至水部郎中，終國子司業，世稱「張水部」或「張司業」。樂府詩與王建齊名，並稱「張王樂府」。絕句清新自然，風韻秀朗。有《張籍詩集》。《全唐詩》編存其詩五卷。

　　〈涼州詞〉三首，約作於唐敬宗寶曆元年（825年），為詩人暮年之作。本詩為第一首。

【譯注】

邊城暮雨雁飛低，　　　　　　　細雨黃昏，大雁在邊城上空低低飛過，
蘆筍 ❷ 初生漸欲齊。　　　　　　蘆芽似筍，剛生出已經呈現蓬勃生機。
無數鈴聲 ❸ 遙過磧，　　　　　　駝鈴搖動，一隊隊緩緩通過遙遠沙漠，
應馱白練 ❹ 到安西 ❺。　　　　　滿載絲綢，應當是一起走向萬里安西。

❶　涼州詞：樂府歌題。詳王翰《涼州詞》注，本書第 11 頁。涼州，州名。唐時
　　轄境在今甘肅永昌以東、天祝以西一帶。八世紀後期至九世紀中曾屬吐蕃。

❷　蘆筍：蘆芽，其形似筍，能食用。

❸　鈴聲：指駝鈴。

❹　白練：熟帛。

❺　安西：即安西都護府，時為吐蕃所據。

【賞析】

　　這首詩首二句佈景，次二首敘事，構成一幅具有濃重邊塞色彩的畫
圖。

　　天上的大雁和地上的蘆筍，一上一下，展示出無比寬闊的空間；一低
低飛過，一逐漸生長整齊，寫出了這兩種物景的特徵。這是眼前所見邊城
實景，亦即詩篇為以下敘事所展現的背景。

　　「鈴聲遙過」是上文所佈置的背景下所出現的動向，「鈴聲」代表着駝
隊，「遙過」表明駝隊前進的方向。這是敘事，也是詩篇所佈景中的一個
組成部分。駝隊越走越遠，同時將視野引向更遠的沙漠，詩篇所展示的空
間就更加深遠。由此動向，詩人即進一步發揮聯想，謂：眼前此駝隊，應

當是馱載絲綢前去萬里安西的駝隊。因此,「應馱」一句就將詩篇所敘事交代完畢。其中,一個「應」字,體現了詩人的願望,是在上文所佈置的背景下的一種設想。

全詩所寫,佈景部分為實寫,屬於邊城的本地風光,敘事部分帶有虛擬成分,但又針對當時關塞受阻、通往安西之路未能平安到達的現實情況,亦屬於有所為而作。這是詩篇所體現的實際意義。

題都城南莊

崔護

【題解】

　　崔護（生卒年不詳），字殷功，博陵（今河北定州）人。唐德宗貞元十二年（796年）進士。官至嶺南節度使。《全唐詩》錄存其詩六首。

　　據《本事詩》載：崔護於清明日獨遊長安城南，見一莊園，花木叢萃，而寂若無人。護口渴，扣門求飲，有女子以杯水至，開門設床命坐，獨倚小桃斜柯而立，意屬殊厚。久之，崔辭去，女送至門，如不勝情而入，崔亦眷盼而歸。來歲清明，護復往尋之，門牆如故，而已鎖局，因題詩於左扉。其所題詩，便是這首〈題都城南莊〉。

【譯注】

去年今日此門中，	去年今天，在這大門前，
人面桃花相映紅。	美人和桃花相互競紅艷。
人面不知何處去，	今年今天，美人不見了，
桃花依舊笑春風 ❶。	春風中桃花笑得正燦爛。

❶ 笑春風：形容桃花於春風中盛開的情態。

【賞析】

　　這首詩所寫，可分為兩個部分：首二句寫遇艷，次二句寫尋艷不遇。時間不同，一為去年今日的經歷，一為今年今日的經歷；空間不變，都在「此門中」。兩個部分互相對照，所寫情事似與《本事詩》所載故事十分吻合。但崔護此詩在前，《本事詩》在後，竟究是先有其事後有其詩，或者是先有其詩而後編造出故事來呢？實際上已是難以斷定。因此，讀此詩，也可以將背景故事暫且擱置一旁，就詩論詩，加以評析。因為詩篇中的「人面」與「桃花」，屬於美好的人和物。二者兼有，相得益彰，二者缺一，令人遺憾。這是現實生活中普遍存在的現象，但又是可遇而不可求的現象。詩篇所寫，可從戀愛的角度理解，也可從人生遭際的角度詮釋。詩篇所流露的一種失落感，不僅適合於愛情，而且也適合於更加廣闊的社會人生。這可能也是這首詩之所以普遍得到共鳴的原因。

元和十年自朗州承召至京，戲贈看花諸君子

劉禹錫

【題解】

　　劉禹錫（772 至 842 年），字夢得，洛陽（今屬河南）人。唐德宗貞元九年（793 年）進士，旋登博學宏詞科，授太子校書。累官至屯田員外郎、判度支鹽鐵案。曾參與永貞革新。憲宗即位，廢新政，貶朗州（治所在今湖南常德）司馬。元和十年（815 年），奉召至京，復貶連州（治所在今廣東連縣）刺史。歷夔、和二州刺史及主客郎中、集賢學士等職。復出為蘇、汝、同三州刺史。晚歲退居洛陽，官太子賓客、檢校禮部尚書，世稱「劉賓客」、「劉尚書」。

　　詩文兼擅。詩與白居易齊名，稱「劉白」。

　　這首詩作於元和十年春，時劉氏與柳宗元、韓泰等人均由貶所奉召至京。正值京都花時，因相約看花。這首詩大概為此時所作。

【譯注】

紫陌 ❶ 紅塵拂面來，　　　京城街道上塵土拂面而來，
無人不道看花回。　　　沒有人不說曾經看花歸回。
玄都觀 ❷ 裏桃千樹，　　　玄都觀裏桃花千樹又萬樹，
盡是劉郎 ❸ 去後栽。　　　統統都是劉郎離去後重栽。

❶　紫陌：指京城街道。

❷　玄都觀：長安道觀。《長安志》載：「玄都觀在崇業坊，隋文帝開皇二年（582
　　年）自長安故城徙通道觀於此，改名玄都觀，東與大興善寺相比。」

❸　劉郎：作者自指。

【賞析】

　　歷來讀這首詩，都把它看作是戲謔、諷喻之作。以為詩人被貶歸來，
看到玄都觀裏的桃花，想到朝中新貴，因藉眼前景加以諷刺。這一說法有
一定依據，但說死了也不好。

　　詩篇首二句寫的是一個大場景——長安居民看花的大場景。所謂「每
暮春，車馬若狂，以不耽玩為恥」（李肇《唐國史補》），這是當時所出現
的看花盛況。因為人人都爭先恐後地出門看花，所以才有「紅塵拂面」的
情景。而所謂「看花諸君」，包括柳宗元、韓泰及詩人等，也都在整個看
花行列當中。這是眼前實景，也是實情，毫無疑問是沒有寓意的。

　　次二句只寫玄都觀的桃樹，並就此抒發感慨，是否有寓意，那就見
仁見智，可作不同解釋：一是以為有寓意，謂觀中千樹桃花，比喻朝中新
貴，謂其乃詩人出朝後才獲升遷，其中帶有諷刺意味；一是以為無寓意，

只是觸景生情，即就十年物事變化生發感觸而已。兩種解釋，均能自圓其說，但前一種解釋太坐實，當時就給詩人帶來了很大麻煩，詩人因為這首詩又被貶官。今天讀這首詩，是否可少考慮一點社會人事，而多考慮詩人看花時的實際感受，這樣可能比較接近詩人的原意。

再遊玄都觀絕句並引

劉禹錫

【題解】

　　據傳，劉禹錫奉召至京時，因寫了〈元和十年自朗州承召至京，戲贈看花諸君子〉一詩，得罪朝中權貴，再次被貶。到了唐文宗大和二年（828年）春，再遊玄都觀，寫下了這首詩。這首詩可看作是前一首詩的續篇。

【譯注】

余貞元二十一年為屯田員外郎，時此觀中未有花木。是歲出牧連州，尋貶朗州司馬。居十年，召至京師。人人皆言，有道士手植仙桃，滿觀如爛晨霞，遂有前篇，以志一時之事。旋左出牧，於今十有四年，復為主客郎中。重遊茲觀，蕩然無復一樹。惟兔葵 ❶ 燕麥動搖於春風耳。因再題二十八字，以俟後遊。時大和二年三月某日。

我於貞元二十一年任屯田員外郎。那時，觀裏還沒有花木。這一年，外出任連州刺史，不久貶為朗州司馬。十年後，奉召進京時，人們都說，有一位道士種了許多仙桃，使得道觀像朝霞一樣燦爛，所以寫了前一篇詩，用以記述一段情事。不久又被貶出外，一直到現在已有十四年，才又回來任主客郎中。重遊道觀，原先的桃樹已蕩然無存，只有兔葵和燕麥在春風中搖動。所以，再寫這二十八字，用以等待後遊的人。這時正是大和二年三月某日。

百畝中庭半是苔，
桃花淨盡菜花 ❷ 開。
種桃道士歸何處，
前度劉郎今又來。

百畝庭院一半長滿了青苔，
桃花不見了，只有菜花開。
當年種桃道士哪裏去了呢，
往時看花劉郎今番又前來。

❶ 兔葵：即菟絲。古歌云：「田中菟絲，何嘗可絡。道邊燕麥，何嘗可穫。」後世以菟絲、燕麥比喻有名無實。此處用以說中庭的荒涼冷落。

❷ 菜花：指菟絲、燕麥。

【賞析】

　　這首詩有一篇長序，介紹了寫作這首詩的緣由。其內容乃有關玄都觀中的花木。謂：德宗貞元二十一年（806年），觀中尚未有花木。這一年，詩人貶官出京師，在外十年，至元和十年（815年）召還，則有桃花滿觀。據聞，這是某道士手植而成的。這是花木之從無到有的變化。詩人前一篇作品，就記載了這一情形。不久，詩人又被貶官，直至十四年後，即大和二年（828年），重遊此觀，而桃花卻蕩然無存。這是從有到無的變化。序文所寫，就是這麼一個過程，而詩篇正文，亦即就此變化過程，抒寫自己的感受。

　　詩篇首二句所寫，乃觀中花木從有到無時的具體情景。即百畝庭院已有一半地方長滿了青苔，到處是一片兔葵、燕麥。這是一片荒涼冷清的景象。此二句將序文中所說「重遊茲觀」時見到的景象具體化，但並非重複。

　　次二句就以上景象發議論，謂此番重遊，桃樹蕩然無存，當年的種桃道士，也不知到哪裏去了。這裏牽涉到社會人事，說明上文所寫自然景象的變化與此相關。

　　十分明顯，詩篇乃以觀中花木的盛衰存亡，以表現對於自然景象及社會人事盛衰變化的感慨。這自然包含着詩人一再被貶、反覆升遷的身世之感在內，說明這首詩和前一首詩之寫花木，都非泛泛之作。但是，正如前一首詩一樣，這首詩所說「道士」，是否即為唐憲宗，看來也還是不要坐實為好，才不會束縛住自己的手足。

烏衣巷❶

劉
禹
錫

【題解】

　　這是劉禹錫〈金陵五題〉中的一首。詩人自稱「未遊秣陵」，有位朋友寫了〈金陵五題〉給他看，他「欸然有得」，也就寫了五首。這是其中的第二首。

【譯注】

朱雀橋❷邊野草花，	朱雀橋邊，長滿了野草閒花，
烏衣巷口夕陽斜。	烏衣巷口，西沉太陽影斜斜。
舊時王謝堂前燕，	當時王謝堂前雙飛的燕子，

飛入尋常百姓家。　　　　　　　飛入了平平常常的百姓家。

❶ 烏衣巷：故址在今南京秦淮河之南，朱雀橋附近，本為孫吳戍守之處，因兵士皆着烏衣，故名。晉南渡後，成為王、謝兩大豪門貴族聚居之地。

❷ 朱雀橋：一名朱雀航，即為秦淮河上浮橋。東晉時建，故址在今南京鎮淮橋稍東。

【賞析】

　　這首詩以古都金陵的某一名勝——烏衣巷，為歌詠對象，藉以抒寫人世興亡之感，具有無窮韻味。

　　首二句佈景，由朱雀橋寫到烏衣巷，只是抓住兩個富有特徵的物景——「野草花」和「夕陽斜」，就將其當前景象具體展現出來。這往昔兩個非常繁華的處所，而今，野草開花，夕陽殘照，則顯示出一片荒涼景象。但詩篇所寫，僅是到此為止。次二句「不言王、謝第宅之變，乃云舊時燕飛入尋常百姓之家」（謝枋得《唐詩品彙》），這是另一個富有特徵的物景，必須仔細體會。兩句意思，不可理解為舊時燕子飛到別處去，而是仍舊飛入此堂（施補華《峴傭說詩》）。這是由燕子的特性所決定的。舊時燕子，今時歸來，一定認得舊時住處，在舊處築新巢，這是「物理」使然。明白這一點，就可得知：舊時燕子飛入尋常百姓之家，並非燕子另擇住所，而是王、謝宅第已變為普通百姓人家。兩句託興於燕子，表現出人世興亡之感，甚是耐人尋味。

賦得①古原草送別

白
居
易

【題解】

白居易（772至846年），字樂天，晚年自號「香山居士」，下邽（今陝西渭南）人，出生於河南鄭縣。六七歲開始作詩。十六歲到京城長安，努力攻讀。貞元十六年（800年）舉進士，得第四名，時年二十九歲。

元和元年（806年）對策入等，授盩厔縣尉。元和二年（807年）授翰林學士，任左拾遺諫官。後因元稹被貶，上疏援救未成，退居長安郊外渭村。

元和九年（814年）重返朝廷，任太子左贊善大夫。後因寫作諷喻詩，得罪權貴，於第二年被貶為江州（今江西九江）司馬，直至穆宗朝始被召回長安。

長慶二年（822年）請外調，在杭州做了兩年多太守。此後並任蘇州刺史。

五十八歲起，過着退隱生活，自稱「醉吟先生」。後又因潛修佛理，和僧人結香火社，常往來於香山（今河南洛陽龍門山東），故又稱「香山居士」。會昌六年（846 年）病逝，年七十五。

著有《白氏長慶集》五十卷，傳詩三千多首。詩風與元稹相近，世稱「元白」。提倡「文章合為時而著，歌詩合為事而作」（〈與元九書〉），其樂府詩創作成就卓著。

這是白居易少時所作。據說，白居易初到京都，帶着詩文作品前去拜謁顧況。顧曾說：「長安米貴，居大不易。」及讀了這首詩，乃嘆曰：「有句如此，居亦何難。」

【譯注】

離離 ❷ 原上草，	古原上野草長得多麼茂密，
一歲一枯榮。	一年一度枯又榮無有休止。
野火燒不盡，	曠野烈火不能夠把它燒盡，
春風吹又生。	春風吹過迅速地重獲新生。
遠芳侵古道，	廣袤草香侵浸了遙遠古道，
晴翠接荒城 ❸。	翠綠草色使荒城改換面貌。
又送王孫 ❹ 去，	遊子又將順古道出門遠去，
萋萋滿別情。	萋萋芳草充滿着離情別緒。

❶ 賦得：因為這是一篇應考的習作，按照科場規矩，凡指定、限定的詩題，題目前須加「賦得」二字，作法與詠物相類似。

❷ 離離：蒙茸貌，形容野草繁密茂盛。

❸ 荒城：荒圮的城垣。

❹ 王孫：借自《楚辭》成句，泛指行者。《楚辭·招隱士》有云：「王孫遊兮不歸，春草生兮萋萋。」說的是因看見萋萋芳草而懷念未歸之人，此處反其意而用之，指看見萋萋芳草而增加送別的愁緒。

【賞析】

白居易這首詩屬命題之作，為「賦得體」。詩題曰「古原草送別」，所寫必須緊扣「草」與「別情」，才不至離題。

詩篇前解四句着重寫草的形態和特性。首二句即破題面，謂此草生長在古原之上，十分繁密茂盛，這是原上之草；並點明，此草有枯有榮，非榮而後枯，即為春草而非秋草也。這是對於草的總敍。其中「離離」二字，概括寫出其形態。頷聯的「盡」與「生」，緊連首聯的「枯」與「榮」，謂其「燒不盡」、「吹又生」，形象體現了草的生命力和性格特徵。二句為流水對，顯示出草之「枯」與「榮」的壯烈場面及其斬不斷、鋤不絕、燒不盡的頑強個性。

後解四句所寫也不離開草，但側重於送別。頸聯以並列形式，將自然界（古原上）草香及草色引入社會人生，帶出「古道」和「荒城」。謂其芳香侵浸了遙遠的古道，謂其翠綠的顏色襯托着荒城。並以「侵」與「接」承「又生」，既進一步展現草的個性，又使得草成為社會人生的一個組成部分。所以，尾聯明顯點出「送」和「別」，謂王孫從覆蓋着翠綠草色的荒城，順着瀰漫着芳草氣味的古道遠遊而去。眼前之萋萋芳草，充滿着離情別緒。這一結尾，關合全篇，將「草」與「別情」完全融為一體。

全詩所寫之春草，形神兼備，並多新意。雖為少作，卻甚圓熟，難怪當時就得到高度讚賞。

賣炭翁

白居易

【題解】

　　〈賣炭翁〉為白居易所作新樂府詩五十首中的第三十二首，作於唐憲宗元和四年（809年），時任左拾遺。

　　〈賣炭翁〉自注云：「苦宮市也。」「宮市」的「宮」指皇宮，「市」是買的意思。「宮市」是唐朝宮廷掠奪民間財物的一種方式。宮廷所需物品，本來由官員採辦。中唐時期，宦官專權，橫行無忌，利用這一採購權到處掠奪，即以低價強購貨物，甚至不給分文，還要勒索「進奉」的「門戶錢」及「腳價錢」。唐憲宗元和年間，此等掠奪之風甚盛。白居易有感於此，便寫下此詩。

【譯注】

賣炭翁，	有一位賣炭的孤苦老漢，
伐薪燒炭南山❶中。	砍柴燒炭就在終南山上。
滿面塵灰煙火色，	塵灰滿臉盡是火燎煙熏，
兩鬢蒼蒼❷十指黑。	十指發黑更加鬢髮蒼蒼。
賣炭得錢何所營❸，	賣炭得錢究竟為了甚麼，
身上衣裳口中食。	口中吃的還有身上衣裳。
可憐身上衣正單，	可憐他身上衣十分單薄，
心憂炭賤願天寒。	卻擔心炭價低寧願天寒。
夜來城外一尺雪，	昨夜裏一場雪下個不停，
曉駕炭車輾冰轍。	大清早趕牛車行進艱難。
牛困人飢日已高，	牛困乏人飢餓日頭高升，
市南門外泥中歇。	南門外泥墩上暫把氣喘。
翩翩兩騎來是誰，	迎面走來兩使者不知何人，
黃衣使者白衫兒。	黃衣太監率領着白衫侍臣。
手把文書口稱勅❹，	把着公文傳聖旨凜凜威風，
迴車叱牛牽向北❺。	掉轉車頭高聲叫牽向北門。
一車炭，千餘斤，	一車木炭重千斤貨真價實，
宮使驅將惜不得。	兩宮使強拉走絲毫不足惜。
半匹紅綃一丈綾，	半匹紅綃加上一丈兒薄綾，
繫向牛頭充炭直❻。	掛上牛頭就算是炭的價值。

❶ 南山：即終南山，在長安（今陝西西安）城南四十里外。另說泛指長安南郊的山。

❷ 蒼蒼：黑白相雜，形容鬢髮斑白。

❸ 何所營：何所謀求，即「為的是甚麼」。營：謀，求取。

❹ 勅：同「敕」，皇帝的命令，即聖旨。

❺ 北：唐代長安城市在南而皇宮在北，即指皇宮所在地。

❻ 直：同「值」，指價值。

【賞析】

這首詩可分為四小節。由開頭到「兩鬢蒼蒼十指黑」為第一小節，簡介主人公的職業、外貌體態以及勤勞而貧困的生活處境。由「賣炭得錢何所營」到「心憂炭賤願天寒」為第二小節，描寫主人公窮困情況及其內心矛盾。由「夜來城外一尺雪」到「市南門外泥中歇」為第三小節，描寫主人公冒着嚴寒進城賣炭的艱苦情景。由「翩翩兩騎來是誰」到結尾，為第四小節，描寫宮廷強取豪奪的情景。

〈賣炭翁〉的寫作技巧有以下兩點：

一、白描直敍，映襯對比。

詩篇描寫主人公的職業、形貌及內心活動，純以白描手段直接鋪排敍述，一點也不加形容與修飾。例如，謂其在南山中伐薪、燒炭，並靠此維持身上的衣裳和口中的食品及其擔心炭的價錢低賤而寧願天氣再寒冷一些，都是直說，即使是對於兩鬢和十指的描繪，也是如實地繪上顏色（「蒼蒼」與「黑」），全部是眼前所見。至於下文所寫主人公趕車進城及宮使來到，「迴車叱牛牽向北」的情景，也全是白描。

但是，為了增強藝術表現效果，在白描之外，詩人也注重映襯對比，加以渲染。例如，以「兩鬢蒼蒼」突出年邁，以「滿面塵灰煙火色」突出伐薪、燒炭的艱難與困苦，再以荒涼險惡的南山作陪襯，以顯示老翁藉以

生存的環境，這都是映襯。又例如「夜來城外一尺雪」，冰天雪地，寒氣逼人，在這環境中，一位衣衫單薄的老翁，正忍受着飢餓和嚴寒，在城門外的泥中歇息，其情其景，就更加容易激起讀者的憐憫與同情。這也是映襯。至於「牛困人飢」和「翩翩兩騎」以及「一車炭，千餘斤」和「半匹紅綃一丈綾」則是以對比的方法映襯，同樣也有強烈的藝術效果。

二、正反衝突，深化詩境。

這首詩着重描寫主人公的不幸遭遇，所採用的藝術手段，除了上文所說白描直敍、映襯對比之外，在整體構造上，也是頗費心機的。這主要體現在正反衝突的安排上：首先，從大處看，是主人公與整個社會的衝突。詩篇以「賣炭得錢何所營，身上衣裳口中食」兩句作為全詩的「眼」，其他一切描寫、敍述，都圍繞着這個「眼」。例如，主人公如何辛勤地伐薪、燒炭，以至「兩鬢蒼蒼」、十指發黑；之後，又如何一大早就將炭運往城門外，等候售出，即如何在冰天雪地裏趕着牛車進城，以至「牛困人飢」等等。這一切，全都為了衣和食。這是主人公一方，而另一方，「翩翩兩騎」迎面而來，「手把文書口稱勅，迴車叱牛牽向北」，則令主人公的衣食之夢完全破滅。矛盾衝突的兩個方面，正代表着當時社會兩個不同階層的矛盾衝突。

其次，從小處看，是主人公內心的衝突。即：既已是「可憐身上衣正單」，卻仍然「心憂炭賤願天寒」。這一小衝突，當然也取決於上文所說的大衝突。因為主人公的這一內心衝突，同樣是為了衣和食。詩人深刻理解主人公的艱難處境及其複雜的內心活動，即將它揭示出來，表現得十分真切。詩人安排了以上這兩個衝突，使得全詩更富戲劇效果，因而也更加富有藝術的感染力。

暮江吟

白
居
易

【題解】

這首詩作於長慶二年（822 年），為白居易赴杭州刺史任途中所作。

【譯注】

一道殘陽鋪水中，　　　　　　　落日餘暉鋪瀉在江水當中，
半江瑟瑟❶半江紅。　　　　　　江面波紋半是深碧半淺紅。
可憐❷九月初三夜，　　　　　　多麼可愛九月初三這夜晚，
露似眞珠月似弓。　　　　　　　露珠兒像珍珠新月如彎弓。

❶ 瑟瑟：碧玉，擬水色。

❷ 可憐：可愛。

【賞析】

　　除了直接反映社會現實之外，白居易一些歌詠小題材的詩篇，雖僅是一時一事，一景一物，一笑一詠，同樣與現實生活相關聯。而且，這類小詩，自然真率，同樣具備「老嫗都解」的風格特徵。這首小詩就是其中一例。

　　這是白居易赴杭州刺史任途中所作。當時朝政昏暗，黨爭激烈，白居易自求外任，希望在大自然的懷抱裏，領略人生的另一種樂趣，因而寫下了這首小詩。

　　這首小詩寫了兩組物景：殘陽映照下的江水及新月初升時的景象。首二句寫殘陽映照下的江水，以江面所呈現的兩種顏色，表現暮江細波粼粼，光色瞬息萬變的景象；次二句寫新月初升，地上露珠像珍珠，天上新月如彎弓。可見詩人此次出行，因沉浸在美好的景色中，流連忘返，直到初月升起，涼露下降，還是不肯回家。詩篇雖着重於寫景，而詩人的內心情感卻包涵其中。

錢塘湖❶春行

白居易

【題解】

白居易這首詩作於唐穆宗長慶三年（823年）春，在杭州刺史任上。

【譯注】

孤山寺❷北賈亭❸西，	登上孤山寺北來到賈公亭西，
水面初平雲腳低。	湖面春水新漲空中白雲低垂。
幾處早鶯爭暖樹，	幾處早鶯爭着飛向向陽樹枝，
誰家新燕啄春泥。	誰家堂前新燕忙着築巢銜泥。
亂花漸欲迷人眼，	路旁雜花漸漸迷住行人雙眼，

淺草才能沒馬蹄。　　　　　　淺淺嫩草已經能夠掩沒馬蹄。

最愛湖東行不足，　　　　　　最愛湖東美景看也看不厭倦，

綠楊陰裏白沙堤 ❹。　　　　　垂楊綠蔭掩映着長長白沙堤。

❶　錢塘湖：即杭州西湖。秦置錢唐縣，治所在今西湖北靈隱山麓。唐避國諱，改
　　為「錢塘」，稱西湖為「錢塘湖」。唐以後始稱「西湖」。

❷　孤山寺：孤山在西湖裏、外湖之間，一山聳立，孤峰獨秀，故稱「孤山」。上
　　有孤山寺，為陳天嘉初所建。

❸　賈亭：即賈公亭。唐貞元間杭州刺史賈全所修，當時為西湖名勝之一。白居易
　　在杭州時，此亭尚在。

❹　白沙堤：即白堤，又稱「斷橋堤」。位於湖東一帶，穿過外西湖、後西湖之間，
　　東起斷橋，西接孤山，總攬一湖之勝。

【賞析】

　　這首詩寫錢塘湖春景及詩人遊湖時的心情。

　　首聯點明遊湖的位置和湖上景象。這是對於錢塘湖的總印象。「初平」
與「低」既寫出湖水與雲彩的狀態，也寫出湖上春景的特徵。

　　中間二聯分寫早鶯、春燕以及亂花、淺草，將上文所寫春景特徵具體
化。「早」和「春」以及「漸欲」和「才能」，都極有分寸地顯示出上列
四種物景的狀態，明顯地將早春景色特點突顯出來。而前兩種物景——早
鶯爭暖樹及新燕啄春泥，純屬自然現象；後兩種物景——亂花迷人眼及淺
草沒馬蹄，則將自然物景與社會人事聯繫在一起。因此，詩篇所寫湖上風
光，也就與遊湖人融合一起，共同構成一幅生意盎然的錢塘湖春遊圖。

尾聯所寫「最愛」，既寫景，說明湖東有一條白沙堤，綠楊掩映，景色最為美好，又表心情，說明此番遊湖所得到的樂趣。

　　全詩所寫景象幽美，心情歡快，格調清新，頗能給人予美的享受。

杭州春望

白居易

【題解】

白居易這首詩作於長慶三年（823年）春，在杭州刺史任上。

【譯注】

望海樓 ❶ 明照曙霞，　　　　　明亮的望海樓迎接着曙光朝霞，

護江堤 ❷ 白踏晴沙。　　　　　潔白的護江堤平鋪着綿綿細沙。

濤聲夜入伍員廟 ❸，　　　　　夜晚濤聲傳入了伍子胥廟，

柳色春藏蘇小家 ❹。　　　　　春天綠柳隱藏着蘇小小家。

紅袖 ❺ 織綾誇柿蒂 ❻，　　　　紅袖女織綾誇耀新織「柿蒂」，

青旗 ❼ 沽酒趁梨花 ❽。　　　　　小酒家賣酒推出名釀「梨花」。
誰開湖寺 ❾ 西南路，　　　　　　是誰開闢湖西南孤山寺路，
草綠裙腰 ❿ 一道斜。　　　　　　　沿路青草像一條裙帶斜掛。

❶　望海樓：作者原注云：「城東樓名望海樓。」為詩人官邸的東樓。《太平寰宇記》
　　中望海樓作望潮樓，高十丈。

❷　護江堤：指杭州東南錢塘江岸築以防備海潮的長堤。

❸　伍員廟：指香山上為紀念伍子胥而建的伍公祠。伍員，字子胥，春秋時楚國
　　人。因父兄被楚平王殺害，輾轉逃到吳國，幫助吳國先後打敗楚國、越國，後
　　因勸吳王夫差拒絕越國求和並停止伐齊而見疏，終被殺害。據傳：伍員因怨恨
　　吳王，死後驅水為濤，故錢塘江潮又稱「子胥濤」。

❹　蘇小家：代指歌妓舞女所居之秦樓楚館。蘇小，即南齊時錢塘名妓蘇小小。

❺　紅袖：指織綾的女工。

❻　柿蒂：指綾的花紋。作者原注云：「杭州出柿蒂花者尤佳也。」

❼　青旗：指酒肆門前的幟幡，即酒招。此代指酒店。

❽　梨花：即梨花白酒。作者自注云：「其俗，釀酒趁梨花時熟，號『梨花春』。」

❾　湖寺：指孤山寺。

❿　草綠裙腰：作者原注云：「孤山寺路在湖州中，草綠時，望如裙腰。」

【賞析】

　　這也是一首春遊詩，但着眼點在一個「望」字上，即在望海樓上觀望
杭州的湖山佳景。

　　詩篇前四句為一解，主要寫春日杭州的自然景觀——望海樓、護江堤
以及濤聲、柳色，但也兼及人文景觀——伍員廟和蘇小家。其中，「照曙

霞」與「踏晴沙」皆為眼前所見物景，而濤聲、柳色之與伍員廟、蘇小家的聯繫，則為想像之詞。但四句所佈景，均為杭州的所謂「本地風光」。

後四句為一解，主要寫春日杭州的社會人事——「紅袖織綾」和「青旗沽酒」，但也兼及自然物景——「湖寺西南路」。四句中記事以及寫景，同樣也是春日杭州所特有的，既能體現其情趣，又表現了詩人的興致。

全詩所寫，使人如臨其境，如見其景，感到十分親切可喜。

江雪

柳宗元

【題解】

　　柳宗元（773至819年），字子厚，河東（今山西永濟）人，世稱「柳河東」。唐德宗貞元九年（793年）進士，授校書郎，調藍田尉，遷監察御史裏行。貞元末，與劉禹錫同為王叔文所引用，參與政治改革。唐憲宗即位，廢新政，貶為永州（治所在今湖南零陵）司馬。元和十年（815年），召還長安，又徙為柳州（治所在今廣西柳州）刺史。卒於任所，故又稱「柳柳州」。

　　文與韓愈齊名，詩與韋應物並稱。有《柳河東集》。《全唐詩》編存其詩四卷。

　　這首詩大約作於貶居永州之時，是一首著名的山水小詩。

【譯注】

千山鳥飛絕，　　　　　　　寂歷群山，飛鳥不到，

萬徑 ❶ 人蹤 ❷ 滅。　　　　　條條小路，人跡斷絕。

孤舟蓑笠翁 ❸，　　　　　　　孤舟上老翁，身披蓑衣，頭戴斗笠，

獨釣寒江雪。　　　　　　　　在大雪紛紛的寒江中流，引竿垂釣。

❶　徑：路。

❷　蹤：腳印。

❸　蓑笠翁：披着蓑衣、戴着斗笠的漁翁。

【賞析】

　　這首山水小詩，寫山、寫水、寫人物，其實是一幅畫圖，一幅雪天寒江獨釣圖。

　　詩篇之首二句為佈景，千山、萬徑，展示出無比廣闊的背景。其中，「千山鳥」、「萬徑人」，又極言其「有」（「多」）；但是，一個「絕」字，再加一個「滅」字，卻極言其「無」（不僅僅是「少」）。所以，這是一個極其寂寞、極其淒清的大背景。

　　次二句寫這一背景下的人事活動──「孤舟蓑笠翁，獨釣寒江雪」。這位身披蓑衣、頭戴斗笠的老翁在寒江中引竿垂釣。既謂其「孤」，又謂其「獨」，但卻是這一大背景下惟一的「存在」。這是畫幅中的主角，也是詩篇的主要歌詠對象。

就整幅畫圖看，佈景、敍事，多甚為客觀，但其所構成的深幽意境，所呈現的清高、孤傲的氣氛，卻顯示出詩人的一種追求。這是和他貶居時的環境和心境密切相關的，須細加體味。

離思五首（其四）

元稹

【題解】

　　元稹（779 至 831 年），字微之，河南洛陽人。唐德宗貞元十年（794 年）進士，歷任左拾遺、監察御史等職。因得罪宦官，貶江陵士曹參軍，移通州司馬。後以詩受知唐穆宗，不斷得到升遷。長慶二年（822年）拜相，後出為刺史、節度使，卒於武昌任所。

　　擅長樂府新辭，多諷喻之作。絕詩清婉自然，尤善言情。有《元氏長慶集》。《全唐詩》編有其詩二十八卷。

　　相傳這是詩人為追憶其戀人鶯鶯所作的一首詩。貞元十六年（800年），詩人與鶯鶯相戀，十八年（802 年），詩人棄鶯鶯而別娶高門。此後，詩人有《鶯鶯傳》及艷詩數十首，這是其中一首。

【譯注】

曾經滄海難為水 ❶，
除卻巫山不是雲 ❷。
取次花叢 ❸ 懶回顧，
半緣修道半緣君。

曾經見過滄海，其他都不算甚麼，
除了巫山雲雨，別的不值得提起。
對於夜宿花叢，已覺得心灰意懶，
既是為了修道，也是為親愛的你。

❶ 「曾經」句：《孟子・盡心上》有「觀於海者難為水」句，詩句出於此。

❷ 「除卻」句：用宋玉〈高唐賦序〉所述楚懷王夢見巫山神女事。

❸ 花叢：指男女幽會。元稹〈夢遊春七十韻〉有「覺來八九年，不向花回顧」句，所謂回顧花叢，說的當也屬於此類情事。

【賞析】

元稹有《鶯鶯傳》（又名《會真記》），記述張生與鶯鶯的戀愛故事。此雖為傳奇體裁，但人們都認為，這是元稹的自述之作。除此以外，元稹並有〈離思五首〉及〈鶯鶯詩〉一首，也當為懷念鶯鶯之作。

對於這首詩所寫之人和事和詩人的情感，雖不必一一坐實，但作為一首憶舊詩，還是比較可以肯定的。

首二句為一組並列對句，用兩個比喻，說明以往的一段戀情。二句均有出處，一由《孟子・盡心上》點化而出，一用宋玉〈高唐賦序〉故事。謂以往的一段戀情，是無可比擬的，猶如經歷過滄海的人，再也沒有比滄海更可嚮往的了。這段戀情之偉大深摯，只有楚懷王與巫山神女的戀情才可相比。意即：今生今世既已如此傾心於自己之所愛，就再也不會有其他戀情了。這是對以往一段戀情的總評價。

次二句訴說別後相思。謂近來一段時間，對於夜宿花叢一類情事，包括兩人的相愛經歷，已懶得回顧，想起來就讓人覺得心灰意冷，懶洋洋的。這除了因為修道以外，就是因為「君」，即因為太愛舊日戀人、太珍惜往日戀情的緣故。二句從夜宿花叢一事，進一步剖白自己對於已有感情的執着程度。這是對於以往一段戀情的思念。

　　從字面上看，全詩所寫都為男女間歡愛情事。例如首二句的兩個比喻，所談就是男女遇合，而次二句之所謂「花叢」，也是有關幽會事，但詩人對於其所述情事，卻已有不同凡俗的看法和態度。首先，以「曾經……除卻……」，表示自己的選擇與標準；其次再以一個「懶」字，否定這類情事，而這一否定又是對於自己選擇與標準的肯定；最後表明，這一切都是為了「君」，即為了舊時的戀人。全詩所寫，雖頗有涉了理路之嫌，但其執着與純真，卻使得其所說理帶有動人心魄的藝術震撼力量，所以這首詩千百年流傳不絕。

夢天

李賀

【題解】

　　李賀（790 至 816 年），字長吉，原籍隴西，遷居福昌（今河南宜陽）。唐宗室鄭王（李亮）之後。樂府辭章著名當時。以父名晉肅，「晉」「進」同音，避諱不能舉進士。曾官奉禮郎、協律郎等微職，生活淒苦窘迫，年二十七即去世。其詩想像奇特，風格險峭幽詭，意境奇闢，自成一格。有《李長吉歌詩》。《全唐詩》編存其詩五卷。

　　這是一首遊仙詩，為李賀代表作之一。

【譯注】

老兔寒蟾❶泣天色❷，　　　　　老兔寒蟾，落下眼淚，使天色一
　　　　　　　　　　　　　　　清如水，

雲樓半開壁斜白。　　　　　　　仙人樓閣，悄悄打開，讓月光照
　　　　　　　　　　　　　　　得雪白。

玉輪軋❸露濕團光❹，　　　　　月輪在太空滾動，放射出團團輝
　　　　　　　　　　　　　　　光，

鸞珮❺相逢桂香陌。　　　　　　鸞珮聲響，與仙女相逢在桂花香
　　　　　　　　　　　　　　　徑。

黃塵❻清水❼三山❽下，　　　　三座神山下，陸地和海洋不斷變
　　　　　　　　　　　　　　　換，

更變千年如走馬。　　　　　　　千年之間，十分迅速，就像是走
　　　　　　　　　　　　　　　馬一般。

遙望齊州❾九點煙❿，　　　　　遠遠望去，廣闊九州，無非像九
　　　　　　　　　　　　　　　粒塵埃，

一泓⓫海水杯中瀉。　　　　　　浩瀚大海，也不過從杯中瀉出一
　　　　　　　　　　　　　　　滴水來。

❶ 老兔寒蟾：古時傳說，月宮裏有兔和蟾蜍。因月古老，兔也老，月高寒，蟾蜍
　也寒。

❷ 泣天色：天色一清如水，好像兔子和蟾蜍的眼淚。

❸ 軋：輾壓。

❹ 團光：指月暈。

❺ 鸞珮：鸞鳥形狀的玉佩，指仙女身上的飾物。

❻ 黃塵：指陸地。

❼ 清水：指海洋。

❽ 三山：指東海三座神山——蓬萊、方丈、瀛洲。

❾ 齊州：指中國。

❿ 九點煙：古時中國曾劃分為九州。此謂九個州像九粒塵埃。

⓫ 一泓：一灣。

【賞析】

　　夢天，即夢遊天上月宮。這是詩人的一支幻想曲。謂自己飛上月宮，在桂花香徑與仙女相遇，而後俯瞰人間，產生種種遐想。異彩奇思，充分體現了詩人不平常的才華。

　　詩篇前四句為一解，專寫月宮景象。從天色寫到月色，再從月色寫到月中仙女。四句所寫，都圍繞着月。首句寫天色，以為月中老兔及寒蟾哭泣時灑出眼淚所染成。二、三兩句都寫月色，一寫雲樓半開，月光斜射，將牆壁照得雪白；一寫月輪在露華中滾過，仿佛月光也被打濕。第四句寫與仙女在月宮的桂花香徑相遇。四句寫自然物景，並將自身引入其中，如夢如幻，充滿浪漫色彩。

　　後四句為一解，集中寫下界景象。下界物景，先寫「黃塵」與「清水」二種，即陸地和海洋。對此物景，既顯示其變化，又顯示其渺小；謂百千年來，「黃塵」與「清水」不斷更換，所謂滄海桑田，千百年來不知更換過多少回，猶如走馬一般；並謂九州中國無非九粒塵埃（或九縷塵煙），浩瀚大海也不過是杯中潑出的一注清水而已。四句所寫，是從月宮往下看所生發出來的奇想，既表現出詩人的豪情，又隱含着許多感慨。

閨意獻張水部 ❶

朱慶餘

【題解】

　　朱慶餘（生卒年不詳），字可久，越州（今浙江紹興）人。唐穆宗長慶中，其詩為張籍讚賞而得名，唐敬宗寶曆二年（826年）進士及第。授秘書省校書郎。復為協律郎。有《朱慶餘詩集》。《全唐詩》編存其詩二卷。

　　這首詩又題〈近試上張水部〉，為其臨試前寫給張籍的一首詩。當作於寶曆二年登第之前。

【譯注】

洞房昨夜停 ❷ 紅燭，　　　　　　洞房之夜依舊將紅燭燃着，

待曉堂前拜舅姑 ❸。　　　　　好等天明到堂前拜見公婆。
妝罷 ❹ 低聲問夫婿 ❺，　　　梳妝完畢低聲問我那夫婿，
畫眉 ❻ 深淺入時無。　　　　眉毛畫得深與淺是否合時。

❶　張水部：張籍。時張氏為水部員外郎，故云。

❷　停：留，放置。謂紅燭未吹熄。

❸　舅姑：公婆，丈夫的父母。比喻主考官。

❹　妝罷：化妝完畢，比喻考生抄完詩文。

❺　夫婿：喻張籍。

❻　畫眉：用漢朝張敞為妻子畫眉典。此以畫眉深淺比喻詩文精粗。

【賞析】

　　這首詩題為〈閨意獻張水部〉，又題〈近試上張水部〉，是一首說考試的詩。但詩中並未提及考試的事，而專說新婦見舅姑事，即專說「閨意」。以閨中的事比喻考場的事，甚為新巧。其中表現應考前的心情，也甚為細微，甚為恰切。所以這首詩即受到主考官的讚賞，並廣泛流傳。

赤壁❶

杜
牧

【題解】

杜牧（803 至 852 年），字牧之，京兆萬年（今陝西西安）人。唐文宗大和二年（828 年）進士，為弘文館校書郎。歷參沈傳師江西節度使、宣歙觀察使幕府及牛僧孺淮南節度使幕府。復任黃州、池州、睦州、湖州刺史以及監察御史、膳部、比部、司勳員外郎、史館編撰等職，終中書舍人。世稱「杜司勳」或「杜樊川」（有別墅在長安樊川，故名），後世稱為「小杜」，以別於杜甫，詩與李商隱齊名，並稱「小李杜」。擅長絕句，為晚唐一大家。有《樊川文集》。《全唐詩》編有其詩八卷。

這首詩乃詩人行經赤壁時所作，為一首弔古詩。

【譯注】

折戟沉沙鐵未銷，	斷戟沉埋沙土尚未被污蝕損毀，
自將磨洗認前朝。	將它磨洗一番認得是前朝兵器。
東風不與周郎便，	假如浩蕩東風不曾與周郎方便，
銅雀 ❷ 春深鎖二喬 ❸。	大喬小喬恐要被鎖在銅雀台上。

❶ 赤壁：即赤壁山，在今湖北武昌西南赤磯山，相傳為三國時周瑜大破曹操水軍之處。

❷ 銅雀：即銅雀台，故地在今河北臨漳，曹操所建，上居姬妾歌妓，為其晚年作樂場所。

❸ 二喬：即大喬、小喬。江東美女，東吳前國主孫策與統帥周瑜之妻。

【賞析】

這是一首弔古詩，或詠史詩。因為一柄斷戟，生發出一大通議論來。

首二句說斷戟，謂其在沙土中沉埋多年，但尚未銷蝕損毀，經過磨洗還辨認得出是前朝的遺物。這是一件小小的事情，僅說明，這是赤壁遺物，即赤壁之戰時留下來的器物。

次二句就此器物說赤壁，轉入詩篇的主要歌詠對象。謂赤壁之戰時，如果不是東風驟起，使周瑜的火攻計謀得以實現，那麼，東吳兩位美女——大喬和小喬，恐怕要讓曹操鎖在銅雀台上。意即：周瑜在赤壁之戰中獲勝，是一個偶然的機會。這是詩人對於赤壁之戰的見解，也是這首詠史詩的主旨。

詩篇因小見大，從沙土中沉埋的斷戟這一小小器物，見到赤壁之戰這一大事件，並依據自己的理解去評判。無論其見解是否公正，但作為一位詩人，其史識和才識還是值得讚賞的。

清明 ❶

杜
牧

【題解】

　　這是詠寫江南物景的一首小詩。《杜牧詩文集》及《全唐詩》均未載，謝枋得《重訂千家詩》首刊此詩並署為杜牧所作。

【譯注】

清明時節雨紛紛 ❷，
路上行人欲斷魂 ❸。
借問酒家何處有，
牧童遙指杏花村 ❹。

清明時節濛濛細雨飄灑个停，
路上行人又飢又渴如斷了魂。
不知哪裏有酒家可為我解困，
牧童指着那杏花深處一山村。

❶ 清明：農曆二十四節令之一，在三月上旬。

❷ 雨紛紛：濛濛細雨，紛紛而降。

❸ 斷魂：形容哀傷。

❹ 杏花村：杏花深處的村莊。一說地名，在今安徽貴池城西，以產酒著稱。

【賞析】

　　這是一首普普通通的節序詩，但以平白易懂的話語描繪出節日的氣象以及人物的動態和心態，極其形象生動，卻顯得很不一般。

　　首二句描寫環境，營造氣氛。「雨紛紛」是清明時節的氣候特徵，屬於自然物景。這一時節，不僅忙於春耕春種，而且忙於踏青、掃墓，所以，人來人往，充塞於途。這是清明時節的人物動態，屬於社會物景。「欲斷魂」三字，既與「雨紛紛」相照應，營造出節日氣氛，又透露出「行人」心態。二句所寫是一個廣闊的群眾場面，從自然與社會兩個方面，展示出節日的大背景。

　　次二句承接「欲斷魂」而來，集中體現人物的心態。即：濛濛細雨，下個不停，加上飢渴，加上行走的勞累，怎麼辦呢？因此，自然而然，想起了酒家。二句一問一答，構成一個小插曲，使得上文所寫群眾場面增添了許多情趣。也正因為如此，全詩所描繪的清明郊遊圖才顯得如此美妙，如此吸引，為歷來讀者所喜愛。

蟬

李
商
隱

【 題 解 】

　　李商隱（約 813 至 858 年），字義山，號玉谿生，又號樊南生，懷州河內（今河南沁陽）人。唐文宗大和三年（829 年），以布衣入天平節度使令狐楚幕，從令狐楚習駢文章表，隨令狐楚調至太原。後曾入兗海觀察使崔戎幕。開成二年（837 年）進士。王茂元鎮河陽，辟為掌書記，愛其才，妻以女。後入朝補太學博士。唐宣宗時，先後入桂州（治所在今廣西桂林）、徐州、梓州（治所在今四川三台）幕府。大中十年（856 年）為鹽鐵推官。兩年後罷官，閒居鄭州而終老。詩與杜牧、溫庭筠並稱。有《李義山詩集》。《全唐詩》編存其詩三卷。

　　李商隱生當晚唐時期，一生經歷由唐憲宗至唐宣宗六朝，正值「牛李黨爭」相當激化之時。李氏初依牛黨，後改投李黨，一直在兩黨爭鬥的夾

縫中掙扎。這首詠蟬詩就是在這一大背景下寫成的,大約寫於梓州,時為東川節度使柳仲郢幕僚。

【譯注】

本以高難飽,　　　　　　既已經棲身高處難求足飽,
徒勞恨費聲。　　　　　　即便是含恨哀鳴也都徒勞。
五更疏欲斷 ❶,　　　　　到五更叫聲疏落快要斷絕,
一樹碧無情 ❷。　　　　　空面對有思無情一樹蒼碧。
薄宦梗猶泛 ❸,　　　　　官職微比如桃梗任憑飄浮,
故園蕪已平。　　　　　　只可嘆故家田園早已荒蕪。
煩君 ❹ 最相警,　　　　　多謝你徹夜不息把我喚醒,
我亦舉家清 ❺。　　　　　我也是澄清如水潔白似冰。

❶　疏欲斷:疏落之聲,幾近斷絕。謂蟬叫了一夜,到五更,似已聲嘶力竭。

❷　碧無情:意謂蟬雖哀鳴,樹卻自呈蒼潤,像是無情相待,即責怪樹之無動於衷。

❸　梗猶泛:用《戰國策·齊策三》中土偶人(泥人)對桃梗(桃木人)所說的話以自傷淪落。土偶語桃梗云:「今子東國之桃梗也,刻削子以為人,降雨下,淄水至,流子而去,則子漂漂者將何如耳。」

❹　君:指蟬。

❺　清:指操守。

【賞析】

　　這是一首詠物詩。所謂詠物言志，就是藉助於物以表達情志。如這首詩就是借詠蟬以表現詩人的不平遭遇和不平情緒。

　　詩篇首句以聞蟬起興，即藉蟬鳴而引出「所詠之詞」，亦即，寫蟬、寫自身，在詩篇開始就已難解難分。「本以高難飽」，說的是蟬，謂其在高樹上，吸風飲露，所以「難飽」；實則暗含身世，說自己身為幕僚，而自命清高，同樣「難飽」。「徒勞恨費聲」，謂蟬徹夜長鳴，其鳴聲是白費的，徒勞的；實則這也兼說自己，謂其曾為自己的處境鳴叫，希望得到救援，最終仍是徒勞。但從字面上看，首二句所寫，着重在蟬。

　　三、四二句緊承「恨費聲」，引出「五更疏欲斷」，謂一夜鳴叫到天亮，似已經稀疏得快要斷絕了，而以「一樹碧無情」加以襯托，以強調鳴叫的悲哀。因為叫了一夜，還是連樹葉子也感動不了。即：一方面是「疏欲斷」，另一方面卻顯得那樣冷酷無情。二句寫鳴蟬的「恨」，實際也包含着作者自身的怨恨情緒。

　　五、六二句突破詠蟬的範圍，由蟬而轉向自身──「所詠之詞」的重心。「薄宦梗猶泛」，謂在各地當幕僚，官小祿薄，還得到處流轉漂泊；「故園蕪已平」，謂家鄉田園的雜草和野地裏的雜草已經連成一片。這說的全是社會人事。表面上看，與自然物景，即蟬，似未有任何關係，但是這裏所說的「薄宦」，實際上與上文的「高難飽」及「恨無聲」卻是暗中相聯的。這就是說，因此處直接說明自己的遭遇，就使得前文詠蟬所帶作者的主觀色彩顯得更加濃重。

　　七、八二句「煩君最相警，我亦舉家清」，用擬人法寫蟬，實際蟬與人則已融合而一。即：蟬的難飽正與「我亦舉家清」相合；而蟬（「君」）的鳴叫，對於「我」，也產生了一種警告的作用，似提醒「我」，不要忘

記自己眼前的處境，隨時都應準備賦歸田園。

　　全詩寫物（蟬）、寫人（「我」——作者自身），互相交融，已達到物我合一的地步，這當是詠物詩的一種理想境界。

無題二首（其一）

李商隱

【題解】

　　李商隱詩作中最能代表其風格特色的，是以愛情為題材的無題詩。《李義山詩集》以「無題」命名的篇章，接近二十首之多。這些篇章多以男女相思為題材，意境幽美，情思深摯，文辭華麗，聲韻諧和，吸引各個時代的讀者反覆誦讀和玩味。但是無題詩又以難解著稱，有人考證它只寫男女之情而別無寄託，也有人判定它託喻作者政治失意的不平，直至現在尚未有定論。

　　如何理解無題詩的內容雖尚有爭議，但這類無題詩大都以悲劇故事為題材，表現出撩亂的情懷，這跟李氏一生潦倒以及整個晚唐走向衰落的悲劇氣氛，不能說無有關聯。因此，在無題詩中，既說男女歡愛，又曲折地透露出時代的心聲，這也是可以理解的。

〈無題二首〉，此為七律，另一為七絕。這首詩寫愛情遭遇，其中也含有某種自傷身世的意思，值得玩味。

【譯注】

昨夜星辰昨夜風，　　　　　昨夜星光燦爛好風融融，
畫樓❶西畔桂堂❷東。　　　相約畫樓西側桂木堂東。
身無彩鳳❸雙飛翼，　　　　你我雖無彩鳳雙飛之翼，
心有靈犀❹一點通。　　　　卻有犀牛靈角彼此相通。
隔座送鉤❺春酒暖，　　　　送鉤隔座春酒暖在心頭，
分曹❻射覆❼蠟燈紅。　　　射覆分曹蠟燈搖動花紅。
嗟余聽鼓❽應官❾去，　　　怎奈聽到鼓聲當去應卯，
走馬蘭台❿類轉蓬❶。　　　趕赴蘭台就像風轉枯蓬。

❶　畫樓：另本作「畫堂」。指裝飾華麗的樓閣。

❷　桂堂：用桂木構成的廳堂。

❸　彩鳳：有彩色羽毛的鳳凰。

❹　靈犀：犀牛角，古時當作靈物，其中心有角髓貫通上下，成一條白線。傳說犀
　　牛與犀牛之間以此角互通心息。

❺　送鉤：又稱「藏鉤」。古代一種遊戲。即：鉤藏於手中讓人猜估，不中者罰酒。

❻　分曹：分隔。指遊戲雙方。

❼　射覆：古代遊戲。用甌、盂等覆蓋着物品，讓人猜估。

❽　聽鼓：唐制。五更二點，城內擊鼓，坊市開門。聽到鼓聲，表示天已亮。

❾　應官：上班應差，猶言上班應卯。

❿　蘭台：指秘書省。漢代收藏圖書秘籍的宮觀叫「蘭台」。唐高宗時曾改秘書省

為蘭台。

⓫ 轉蓬：飄飛不定的蓬草。

【 賞析 】

　　這首詩寫一次聚會，時間是昨夜，地點在畫堂西側桂木堂東，人物未說明，除了與之心靈相通的意中人外，還有其他朋友，事件有「送鈎」和「射覆」，可知這是一次盛會。但是，詩人並非對此盛會表示艷羨，而是對於二人之默契，即心靈相通表示留戀和追憶。應當把這首詩當作愛情詩來讀。

　　有人以為：「作者的愛情詩多標〈無題〉，但叫〈無題〉的並不都寫愛情。這詩寫窺見意中人在家歡宴嬉戲的情景，感到自己遊宦中飄泊無依的作客生涯的孤獨。」（林庚、馮沅君主編《中國歷代詩歌選》上編）論者將詩篇所體現身世之感擺在首要地位，而將愛情擺在次要地位，這當有一定客觀現實依據。但是，就詩論詩，似乎應當將二者的地位顛倒過來，即應當將愛情擺在首要地位。

　　就詩篇所寫看，前四句寫的主要是二人情事，而非眾人情事。當然，首聯二句所說時間與地點，既是二人約會的時間與地點，又是盛會的時間與地點。但是頷聯所說心靈相通，則僅僅局限於熱戀中的二人，這是十分明顯的。四句追憶昨夜情事，是對於二人心心相印的熱烈讚頌。後四句寫盛會的主要活動──「送鈎」和「射覆」，並對自己的處境表示感嘆，似與男女歡愛不甚相關，其實，四句所寫正是二人情事的繼續。因為頸聯所寫的兩項遊戲，二人都可能參與其中，兩項遊戲，既是眾人情事，又是二人情事；而尾聯所寫，在玩得興致正濃的時候，卻要應官而去，這是詩人

與眾人的分別，也是詩人與意中人的分別，同樣與二人密切相關。所以，後四句所寫，仍然是二人情事。將這首詩當作一般抒寫身世之感的作品，看來不甚符合作者本意。

樂遊原 ❶

李商隱

【題解】

這是李商隱客居長安，於某日傍晚登上樂遊原所作的一首五絕。

【譯注】

向晚意不適，	天色將晚，心緒不寧，
驅車登古原。	驅車登上了樂遊原。
夕陽無限好，	落日餘暉，無限美好，
只是近黃昏。	只是已經接近黃昏。

❶ 樂遊原：在今西安市南，從西漢時就是有名的遊覽區，故唐人稱其為「古原」。

【賞析】

　　這首詩記述詩人於傍晚時分，因心緒不佳，驅車登上了樂遊原的情景。首二句敘事，次二句說感慨，頗能體現其遊覽時的襟抱。敘事部分較平直，簡單說明登覽時的心情，表示為了自我排遣。而抒情部分則較多內涵，似乎將自己對於身世、時事等多方面的感受全部包括在內，可從多種角度加以理解。首先，燦爛夕陽，無限美好，但不久即將消逝，可以看作是眼前所呈現的一種自然現象。詩篇所寫，是對於大自然美好景物的讚美與惋惜。其次，燦爛夕陽，無限美好，但所餘時光已不多，可以看作是對於年華老去的嘆息，也可以看作是對於人世間美好事物即將喪失的嘆息。其中「只是」二字，多少包含着一種傷感的情調。所以，詩人之登樂遊原，本來想排除不適心緒，可能反倒被種種更加不適的心緒所困擾。這首小詩雖短窄，而其容量乃不小，必須細加品味。

夜雨寄北

李商隱

【題解】

　　這首詩又題〈夜雨寄內〉，是寄給內人（妻子）的一首詩。現傳各本題作〈夜雨寄北〉，即寄給身在北方的人，可說妻子，也可說朋友。

　　這首詩作於唐宣宗大中二年（848 年）秋，時詩人離開桂林鄭亞幕府，留滯東川。有的考證，作這首詩時，詩人之妻王氏已去世，這是寄贈長安友人的作品。但從詩篇的內容及情調看，還是作為「寄內」詩較為合適。

【譯注】

君問歸期未有期，　　　　　你問我歸返日期仍是無定期，
巴山 ❶ 夜雨漲秋池。　　　　今晚上巴山大雨雨水滿秋池。
何當 ❷ 共剪 ❸ 西窗燭，　　　甚麼時候一起在西窗下剪燭，
卻話巴山夜雨時。　　　　　　好告訴你今晚下雨我的相思。

❶ 巴山：亦稱「大巴山」，又叫「巴嶺」。巴嶺山脈斜亘於今陝西、四川兩省邊
　　境。這裏泛指東川一帶的山。

❷ 何當：何時能夠，何時當能。盼望之辭。

❸ 剪：剪去燒殘的燭心，使燭明亮起來。

【賞析】

　　這首詩不用典故，也不用艱深的詞語，只是用平常的說話敍述，卻顯
得情思纏綿、情感懇切，令人回味無窮。詩篇之所以能夠達到這一藝術效
果，除了動人以情之外，在表現手法上也還是有其獨特的造詣的。

　　這是在秋雨之夜寄給內人的詩章，其目的主要在於將自己的思歸之情
告知對方。但是並非只從一個角度說明，而是通過時間的變換和空間的推
移，錯綜複雜地加以表現，使情思顯得十分形象生動、十分可感。

　　首二句說現在，即我方的情事。「君問歸期未有期」，一問一答，正
面回覆對方問訊，將所要說的內容明白告訴對方。但只是這一點還不夠，
再加上「巴山夜雨漲秋池」，讓對方獲知我方現在的情景。二句所寫，思
歸而無歸期，已是一大難堪之事，加上雨不停地下，池水越漲越高，更加
增添了思歸情緒，又是一大難堪之事。二句表明：現在我方思歸未歸，正

對着秋池中的水發愁。這是難堪之事，也是無可奈何之事。詩篇將此告知對方。

　　次二句轉換另一個角度敍述，即「從現在設想將來談到現在」。這是時間的變換。而且，從空間位置上看，也由現在的「巴山」（我方所在地），轉移到「西窗」（將來我方和對方相聚處所）。謂：將來有一天，有了歸期，你我在西窗下剪燭夜話，一定回過頭來，敍說現在我一個人在巴山夜雨時的相思情景。經此一番變換和推移，詩篇所要告訴對方的思歸之情，就顯得更加具體、更加豐富。這表明：現在，我方的思歸之情十分真切，三言兩語講不完，將來有機會相聚，一定從頭細敍。

　　這首詩的表現方法甚為獨特。「從現在設想將來談到現在」的公式，是吳世昌先生所歸納出來的。這種表現模式，吳先生稱之為「西窗剪燭型」。這是讀這首詩所必須了解的方法與模式。

憶梅

李商隱

【題解】

　　因為黨爭加劇,李商隱在朝中已沒有立足之地。令狐綯執政時,他更加受到排擠。因此,曾在各地藩鎮過着寄生的幕僚生活。

　　這是李商隱在梓州(今四川三台)作幕僚時所寫的一首五言絕句。

【譯注】

定定 ❶ 住天涯,	淪落天涯,死死地被釘在異鄉土地上,
依依 ❷ 向物華 ❸。	嚮往美好物景,不禁感到無限依戀。
寒梅最堪恨,	只有那不適時宜的寒梅,真令人氣惱。

長作去年花。　　　　　　先春而發，待到春時，卻已花落香消。

❶ 定定：停留不動貌。

❷ 依依：眷戀貌。

❸ 向物華：嚮往美好物景。

【賞析】

　　這首詩以寒梅寫身世，物與人融為一體。因為寒梅與詩人有着共通之處：寒梅先春而發，望春而凋，春天來時，已成為去年之花；詩人少年早慧，早有文名，又早登科第，但步入仕途之後，受到一系列打擊，及至入川之時，意緒已變頹唐。詩篇既憶梅，又恨梅，寫物、寫人，飽含深情，令人嘆息回味，不忍釋手。